W0464795

COLLECTION FOLIO

Patrick Besson

Les petits maux d'amour

Gallimard

© Messidor, 1989.

Patrick Besson est né à Paris le 1er juin 1956. Il a publié une vingtaine d'ouvrages, parmi lesquels *Lettre à un ami perdu* (Prix Del Duca) et *Dara* (Grand Prix du roman de l'Académie française). Auteur dramatique, il a notamment fait jouer, au théâtre Tristan-Bernard, *Pour en finir avec le vingtième siècle.*

A Isabelle

I

Ensuite, je me rappelle mal. J'ai essayé toutes les histoires. J'ai peint tous les visages avec des couleurs gaies. J'ai lu de gros livres sans rien comprendre.

Ils meurent l'un après l'autre, sans rien dire, et je me barricade dans le noir, j'enfouis ma tête sous les couvertures. Il y a un soleil pour chacun, je le sais. J'ai cherché le mien. J'ai fait paraître des annonces, j'ai donné des coups de téléphone anonymes, j'ai envoyé des lettres à des gens qui n'existaient pas, mais il fait toujours aussi sombre. Je me suis découragé, je me suis couché et j'ai dormi, sans t'appeler. J'ai fait des rêves étranges.

Mais aujourd'hui, dimanche *x* d'octobre, avec ce ciel très bleu au-dessus de nos épaules et le désert dans la rue et l'odeur fade de l'automne dans l'air, il faut que je trouve une histoire à écrire, sinon c'est la mort, ils me l'ont dit tout à l'heure, quand ils sont venus couper l'eau, le gaz, et l'électricité. Je n'ai plus beaucoup de temps. J'ai dormi une heure après un pauvre repas. J'ai ouvert les volets quand je me suis levé. Le ciel est mauve.

Bien sûr, je n'écrirai pas l'histoire d'Odile, pas la vraie. Aujourd'hui la seule image dont je me souvienne, ce sont les seins de Laure, ronds et trop gros à mon goût, mais les gens qui passent disent *elle a de beaux seins,* Richard devait penser *elle a de beaux seins* mais je ne le lui ai jamais demandé, d'ailleurs il parlait une autre langue, ma mère dit : *Laure a une belle poitrine.*

D'abord, il y a une grande voiture blanche. Rue de la Convention, Laure, un après midi de la mi-été, la voiture blanche devant l'immeuble blanc comme une mariée. Des valises pissaient sur le trottoir une dernière fois avant le grand départ. Laure a quatorze ans. C'est une fille du XVᵉ, et toutes les filles du XVᵉ ont la même gueule, la même odeur de parfum trop cher, la même façon de remuer les fesses et de dire non quand on les déshabille, la même connerie, mais je les aime comme ça. Leur stupidité est noble : elle va du mépris inconditionnel à l'admiration inconditionnelle. Je ne les changerai pas et comme en général leur façon d'embrasser et parfois de se laisser caresser me plaît, je laisse couler. En même temps, je monte dans l'auto. J'ai tout prévu. Je sors de ma poche un gros stylo feutre noir, aiguisé, du plus noir des noirs, et je les raye, et j'efface leurs visages, et je les barbouille avec frénésie, ils ne crient pas, ils ne sentent rien, ils bavardent, ils font des mines, je les assassine avec douceur. Laure rit. J'ai vu ses yeux s'agrandir. Je lui ai donné, en échange d'un baiser sur la joue, deux années de plus, et j'en ai pris trois, une en réserve, au cas où je me sentirais dépassé. Les autres, on les a fichus dans la même fosse. C'est profond, et on a mis du temps, mais personne ne les trouvera jamais. D'ailleurs, qui pourrait avoir la triste idée de les chercher ? On a vendu la grosse voiture blanche. J'ai voulu acheter une bicyclette, la campagne était verte et ça faisait longtemps que je n'étais pas monté sur une bicyclette, mais Laure a dit non. On a acheté une petite voiture rose, tendre et puérile. Avec elle et son affection, nous sommes partis loin, loin, loin, aussi loin qu'on a pu.

Un lendemain, on s'est levés tôt tous les deux Laure et moi, sur un grand bateau blanc, où dormait notre auto rose. Il faisait bon sur le pont, des serveurs plaisantaient, un type relisait son manuscrit et c'était peut-être moi, assis dans un fauteuil en osier, devant un citron pressé. Les voyageurs, émergeant du petit déjeuner, se sont mis à pulluler. On a empli la piscine, je m'y suis jeté à plat ventre, Laure est partie d'un grand rire.

A six heures du soir, la lumière orangée de six heures du soir évidemment baignait le bateau, la mer entière, les îles naïves. On vidait la piscine, je gisais seul dans un grand fauteuil en osier, aux bras immenses. De petits Allemands blonds jouaient au ping-pong, ils comptaient les points tout haut, *eins, zwei, drei*... Une fillette laide et mal habillée s'est assise auprès de moi. J'ai pris sa tête dans mes mains, je l'ai embrassée sur les lèvres. Un livre ouvert sur mes genoux, et le vent discret qui tournait les pages, les passagers, étourdis de soleil et d'alcool, allaient se préparer pour dîner. Des voix de toutes les couleurs glissaient dans le crépuscule, tu nageais seule dans la piscine à moitié vide, tu riais.

Le soir il y avait une fête sur le pont, avec des lampions jaunes, verts, et rouges, et des jeunes femmes, des petits garçons couraient entre les tables, on avait couché les petites filles, dommage.

La passerelle tremblait dans le midi d'un port dont le nom court dans ma mémoire mais trop vite, une lumière brûlante, palpable, s'y collait comme de la glu. Ils ont sorti du bateau notre auto rose, sans moteur et sans roue, sans bruit, sans rien qu'elle-même. Les passagers ont écarquillé les yeux, des murmures ont voleté d'une bouche à l'autre. Laure a ri. L'auto a fendu la foule à toute allure. Laure voulut assassiner un douanier soupçonneux, mais je prêchai le calme et la prudence. Le douanier a fouillé nos bagages. La sueur perlait sous sa casquette, il lissait du doigt sa moustache noire, il avait l'air mauvais. Ensuite on a pris le grand large sur l'auto rose dont les contours se perdaient dans la pâleur des rues. Il y avait des plages avec la mer et des baigneurs et des boîtes de conserve qui servaient de bouées. Le port était sale, morose malgré le soleil. Une route bleue ombragée d'arbres maigres, desséchés. On a déjeuné sous les arbres, dans un restaurant miteux. Quand Laure passait, les types attablés sifflaient et voulaient toucher ses cuisses. Laure s'en amusait. Elle s'amuse de tout.

On a payé. Le serveur était un gamin brun et hâlé. Il a pris l'argent sans compter et a détalé. J'avais très soif.

Sur la route, il faisait lourd. Le soleil commençait à décliner mais la chaleur était toujours aussi dense et j'avais le dos trempé. On a vu des ruines, j'ai fait sauter Olympie, et toutes ces vieilles pierres, tristes depuis des siècles, que rien n'égaye, pas même nous. Tout a sauté, même les barbelés qui encadraient les ruines. Rien n'est resté. Des touristes allemands ont pris des photos avec un appareil japonais. Il n'est resté d'Olympie qu'une longue plaine banale, Waterloo sans le crachin. Laure m'a pris dans ses bras : *tu es un héros.*

Et puis des hôtels, des hôtels, des hôtels. De vastes salons vides et silencieux, peuplés de vieillards muets ou de canaris ou de serveurs trop jeunes, trop grecs, et aux yeux trop doux, des soirées désertes, des chevaux qui tintaient dans la nuit, les clés de notre chambre, énormes et qui faisaient une boule dans la poche.

Et c'était le 6 août d'une année quelconque, je ne sais pas lire les chiffres. A Athènes. Le soleil grésillait dans la rue, les touristes se réfugiaient dans le hall peuplé de fauteuils verts et d'air conditionné. J'avais chaussé mes grosses lunettes, Laure survint. Elle s'est assise près de moi, elle parut s'ennuyer. J'ai touché ses cuisses, pour me donner l'inspiration, mais elle a couru pour sortir. J'ai voulu rire, mais le stylo m'est tombé des doigts, il a roulé sur la moquette, s'est glissé dans une souricière et depuis plus de nouvelles. Au fond ça m'arrangeait. Je suis parti chercher Laure partout dans Athènes brûlée. Les rues montaient et descendaient, une vieille vendait des châles de laine blanche, j'ai mangé des brochettes dans un restaurant juif que m'avaient recommandé Gœbbels et Borman, au temps de nos frasques. A minuit, las de désespérer, j'ai regagné notre chambre. Pas de Laure, j'ai cherché dans les tiroirs, les cendriers, la penderie, le bidet, les chiottes, pas de Laure, où est Laure ? Je ne suis pas arrivé à écrire. Mais je ne l'aime pas. Et pourtant je ne l'aime pas.

Laure est rentrée au matin, l'air désolé, les seins tristes. Je n'ai rien dit. *J'ai cassé la voiture rose, notre belle voiture rose, avec ses lèvres roses, ses cheveux roses, son cul rose, notre véhicule de rêve, rien ne nous la rendra,* dit Laure.

Et j'aurais aimé flâner le soir, vers six heures, dans Athènes frais, inondé de monde, aborder des petites filles, lever les evzones en jupette blanche, mais il fallait se vêtir pour dîner. J'aurais aimé flâner, seul sans Laure, dans les parcs verts et penser à Sandra, bien sûr. J'aurais aimé m'asseoir seul sur un banc, écouter le silence du soir ou les voix étrangères et dormir et oublier et pleurer doucement, en répétant *je t'aime, je t'aime,* courir à travers les allées, cueillir les fleurs des parterres, grimper aux arbres dans les rues, attendre des jours entiers sur une longue terrasse, en lisant un journal anglais et en buvant du sirop d'orgeat... Mais Laure survenait, pleine de vie et la vie me gêne. Il fallait singer, puisque je l'aimais.

On a quitté Athènes, on a laissé Athènes derrière nous. J'ai dit à Laure : *un jour, j'écrirai l'histoire d'Odile, mais en Grèce il fait trop chaud pour écrire.* Elle a haussé les épaules. J'aurais pourtant bien aimé qu'elle comprenne.

On a volé une voiture verte, allemande peut-être. Elle allait vite, mais faisait du bruit. Laure a conduit. Nous avons traversé le pays des ruines, le pays ruineux, ruiné. Un restaurant sous d'autres arbres, à l'ombre, et à Sparte. Je me trompe peut-être. J'oublie le nom des plats, des arbres, des sauces, des fleurs, des villes, des vins, des gens, des choses. Les seuls noms encore dans ma mémoire sont les noms de filles, mais il faudrait des pages et des pages pour tous les dire, je crains d'ennuyer.

Une ville dodue et vieille, avec un minaret et des hôtels, avec devant des drapeaux. A cinq heures, on s'est assis à la terrasse, un serveur chauve nous a apporté du jambon sur un plateau d'argent, on ne voyait déjà plus de soleil mais il faisait clair sur la terrasse. Nous nous sommes couchés à sept heures. Ils ont joué de la musique. Des couples dansaient sur la piste.

Compter les étapes, les jours, les heures. Il y a eu de grands hôtels, des serveurs hautains et des fauteuils si profonds que l'on y coulait avec la volupté du noyé.

Puis une frontière, la voiture verte s'envolait aux frontières; l'idéal. J'ai acheté le soir un cahier dans une grande ville anonyme, avec un grand parc et quelque chose comme un fleuve qui coulait entre le parc et les maisons noires. J'ai taillé mon crayon, aiguisé mon vocabulaire et le soir, au milieu des bruits, j'ai commencé l'histoire de Laure. Ça donnait :

J'ai laissé tous les verbes dans les tiroirs de ma chambre et j'ai jeté la clé et les images se dispersent. L'Italie glisse derrière les vitres drapées de pluie et l'autoroute dans tes yeux. Les marches de l'hôtel sont blanches. La mer trop salée piquait les jambes. J'écrirai un jour pour toi seule tous les mots de la terre plus un, le mien, que je garde encore secret. J'ai baisé tes lèvres fraîches comme de la menthe et ta voix dans la nuit qui murmure *c'est toi Laurent?* Tu sais, toutes les solitudes se ressemblent. Il y a des halls vides de palaces que je n'oublierai jamais. Tout le monde dort dans la chambre. L'Adriatique est bleue et peuplée d'ombres. La mer est bleue et le soleil s'y reflète. La première image que je rapporte de Grèce est celle de deux garçons se tenant par le bras, un soir à Tripolis. Laure m'ennuyait, collée à mes pas. Il faisait nuit et je ne distinguais pas leurs visages. En Grèce il fait trop lourd pour écrire. Je t'ai dit je t'aime sur un balcon. Je t'ai menti sur un balcon près de la mer. Je ne t'aime pas. Tu es jolie et ton rire franc me plaît, mais aimer est une autre chose. J'entends les cris d'enfant. La petite fille brune aux yeux clairs court au bord de la piscine. Elle trébuche, se relève aussitôt. Elle nage la tête bien hors de l'eau, avec une grimace. La musique monte comme un nuage de fumée dans la chambre. Je me rappelle le type devant avec un grand chapeau ridicule, qui klaxonnait à chaque virage. Un couple fait des ronds dans l'eau, ça les amuse peut-être? Le soleil s'est caché. Le rire d'Aude sonne comme un appel dans le ciel un peu liquide d'un matin d'automne. Laure je suis fatigué de tes regards flous de tes baisers faux. Je veux rester dans l'ombre un moment. Je veux m'asseoir et regarder les autres vivre, qu'ils me laissent.

Fin.

On est repartis le lendemain. Je voulais rester, jeter l'ancre pour quelques jours, juste le temps d'un court chapitre. J'aime les villes anonymes, on s'y oublie, et j'avais envie d'écrire. Il m'aurait plu de demeurer des journées entières, sur cette longue terrasse vide, à couvrir les pages de ce cahier. Mais Laure voulait s'en aller. Je ne sais que la suivre.

Des images désordonnées, que j'ai essayé de noter au hasard des cahots du trajet. Dubrovnik, une plage privée, du ciment, un ballon blanc et noir perdu dans l'air, une petite fille blonde. C'est un soir, dans un train. Le couloir est étroit, et la petite fille blonde me suit. Je lui tiens les portes, elle sourit, je touche sa main. Le train courait vers Milan pluvieux, où je la perdis. Car tu aimeras, souffriras, deviendras belle et vieilliras sans moi, et cela suffit à m'ôter tout espoir de bonheur. Je me rappelle le petit garçon qui s'accrochait au corsage de sa mère, elle tentait sans succès de le raisonner, elle lui disait des mots que je ne pouvais pas comprendre, et qu'il ne voulait pas comprendre. Cela se passait à Dubrovnik, un 13 ou 14 août, vous rappelez-vous? Non, bien sûr. Je suis le seul à vivre de souvenirs, à m'abreuver de rêves.

L'auto verte nous mena dans un grand jardin, au bord d'une route, qui cachait un grand hôtel. Nous allons dormir, faire le point, *tu vas pouvoir écrire, Laurent, te rappeler, dresser des listes*. Je palpe mon cahier, comme un amant sa maîtresse avant de la pénétrer. La chambre est pleine de soleil, et la mer bleue, les miroirs, deux petits lits, *viens te baigner*. Je fais non de la tête. *Je vais dormir un peu, puis écrire. J'ai envie d'écrire sur Xavier, tu ne m'en veux pas?* Elle hausse les épaules et sort. Je fais semblant de souffrir, pour l'imagination. Je m'allonge, sans bien sûr trouver le moindre bout de sommeil. J'écris quelques mots sur le cahier, les préliminaires.

Le lendemain encore, je voulais faire la sieste puis écrire, comme à mon habitude. Ça venait. Laure m'a secoué. J'ai entrouvert un œil, maugréant. *Richard vient,* dit-elle. Richard est blond et ses yeux sont verts. Nous rions, Richard entre alors, il me voit nu et dit pardon en sa langue. J'enfile un slip de bain, et je sors, cahier sous le bras. J'ai écrit tout un chapitre au bord de l'eau. La plage est longue et en ciment, toutes les plages sont en ciment dans ce pays. Je me suis assis à l'ombre.

Ensuite, je me suis baigné, l'eau est sale, il faut aller au large. J'en suis sorti fourbu. J'ai écrit.

II

Xavier renversa la tête en arrière, et contempla, silencieux, le plafond. Puis il dit, d'une voix lente :

– Je préfère être méprisé plutôt que mépriser. Je préfère aimer plutôt qu'être aimé. J'aime mieux souffrir que faire souffrir.

Il était accroupi au pied de son lit, et je lui faisais face. La pluie battait les vitres.

– De toute façon, rares sont les fois où je souffre, plus rares encore celles où j'aime.

Il sentait que je ne l'écoutais pas, et puis cela en valait-il la peine ? Le confort de cette chambre trop bien décorée m'engourdissait l'esprit. Je promenai mon regard sur les aquarelles épinglées au mur, les disques sagement empilés près du pick-up, la tapisserie soignée, l'ordre méticuleux de la bibliothèque.

– Tchékhov dit : « … Et souviens-toi qu'il vaut toujours mieux être la victime que le bourreau. »

Je croyais avoir dit quelque chose d'intelligent. Un silence suivit.

– Tu m'ennuies avec tes citations.

L'orage éclata. Les vitres tremblaient. Je me levai. De la fenêtre, on avait une vue plongeante sur un grand cimetière, balayé par la pluie. De temps à autre, des éclairs déchiraient les nuages noirs, et illuminaient la ville l'espace d'une seconde.

– Un jour je me tuerai, dit Xavier.

Cette phrase lui était familière et ne m'inquiétait plus. Après trois whiskies bus un peu trop vite, il était naturel qu'elle revînt sur ses lèvres.

Je m'assis près de lui. Je murmurai :

– Ce sont des mots...

Xavier secoua la tête négativement, avec l'air d'un enfant buté, qui ne supporte pas la contradiction. Je posai ma main sur son épaule. Il pencha la tête vers moi. Ses lèvres étaient toutes proches. Je me suis écarté doucement. Je suis retourné me planter devant la fenêtre.

– Et tu n'as pas peur ?

– De quoi ?

Il ne me laissa pas le temps de préciser ma pensée et dit :

– Pour l'instant, c'est la vie qui me fait peur, et il n'y a pas trois solutions.

Nous demeurâmes un moment immobiles, debout dans l'obscurité qui envahissait la chambre, chacun tentant de déceler une défaillance dans les yeux de l'autre. Une main timide gratta à la porte. Xavier dit simplement, sans faire un geste :

– Entre.

J'ai reconnu la voix d'Aude quand elle a dit :

– Mais on ne voit rien, ici.

La lumière est tombée du lustre accroché au plafond. Xavier s'écarta. Aude fit un pas vers moi et me tendit la main.

Xavier ne parlait jamais d'Aude. Il n'en disait que des banalités et détournait la conversation dès qu'il était possible de le faire. Aude chercha un livre sur les rayons de la bibliothèque. Le dos tourné, le regard vagabondant au-delà de la fenêtre, Xavier reprit son monologue, sans paraître se soucier de la présence d'Aude, ou de la mienne :

– Finalement, ce qui m'importe n'est pas la femme que l'on aime, mais l'amour qu'on lui porte. Tout amour est unique, même si l'être qui l'inspire ne l'est pas.

– Tu te trompes, dis-je tout bas.

Il n'a pas entendu.

Aude s'approcha de lui et posa la main sur ses cheveux.

– Mon frère est un grand sentimental, dit-elle avec un rire faux.

Xavier se dégagea avec des soupirs d'impatience.

– Justement non. Je n'aime pas, je n'aime

rien. Quand je pense aux autres, j'ai envie de vomir.

Aude l'observait, les yeux fixes, étourdie.

– Sortons, dit Xavier.

Nous dégringolâmes l'escalier, nous ruant l'un sur l'autre comme des gamins. La pluie tombait en fines gouttes glacées. Je relevai le col de mon imperméable. Nous allions courbés, fouettés par la pluie, le visage ruisselant.

Nous entrâmes dans un bistrot plutôt miteux d'aspect. Malgré l'heure, nous commandâmes deux cafés.

– Je voulais écrire le livre de notre génération, dit Xavier. La génération de ceux qui n'ont pas de montre au poignet et qui n'ont ni soif de réussite ni de révolte. Mais je n'écrirai rien. Et pour mon anniversaire, j'ai eu une montre.

Il rit.

Le type derrière le comptoir posa deux petites tasses sous le percolateur et tira une manette. Le café coula entre deux filets de fumée. Le type posa les tasses sur le comptoir, la fille les prit et nous les apporta. Nous bûmes nos cafés en silence. Je me brûlai le bout de la langue.

– Je vais me tuer, dit Xavier.

Il commençait à m'ennuyer, et je feignis de n'avoir rien entendu.

La pluie, dehors, s'arrêta de tomber. Il faisait nuit. La lumière jaune des réverbères luisait sur les pavés. Il faisait chaud dans le petit café, et nous étions bien.

– Je n'écrirai rien, jamais rien.

– Vivre, ce n'est pas qu'écrire.

Je regrettai aussitôt d'avoir porté un jugement si hâtif. Je voulus rectifier, mais Xavier m'interrompit :

– Aimer, ça ne veut rien dire. Lutter, pour quoi ? Je ne suis pas assez pauvre pour lutter.

(*Quel raisonnement de con,* aurait dit Aude.)

– Je ne peux pas aimer, ni souffrir. Il y a quelque chose en moi qui se ferme.

– Tu ne connais pas ta chance.

– Ne dis pas cela.

Un silence, plutôt gêné.

– Tu dînes chez moi ?

– Pourquoi ?

– Ma mère t'adore, tu le sais bien.

Elle se figurait que j'apportais à son fils l'équilibre et le sens des réalités qui lui faisaient défaut. D'après elle, j'exerçais sur Xavier, bien que je fusse d'un an son cadet, une influence des plus positives. J'étais devenu ainsi l'enfant chéri des R, et ils me recevaient toujours avec plaisir. Après le suicide de Xavier, j'ai cessé d'aller chez eux. Je ne sais pas vraiment pourquoi. Par lâcheté, sans doute.

Monsieur R me posa des questions sur le baccalauréat que je passais en fin d'année et que j'allais rater. Je lui répondis ce que je disais partout dès que l'on me posait ces questions, et c'était souvent, sans trop de lassitude, sans du moins que celle-ci parût sur mon visage. Aude fixait son assiette des yeux, avec un air teigneux que je ne m'expliquais pas.

– Qu'est-ce que vous attendez de la vie, vous? me demanda Madame R, pour meubler le vide de la conversation. Quand on pose cette question à Xavier, il répond : rien.

La question dissimulait plus de pièges qu'il n'y paraissait. Je pris le parti d'être poétique, mais le fis sans mesure, ce qui donna :

– J'attends quelque chose de doux, de joli et de tendre, qui m'aide à vivre, qui me soutienne.

– Une jeune fille? demanda Xavier.

Aude avait baissé les yeux. Je souris.

– Pourquoi pas?

– Et c'est tout? demanda le père, tout à fait sérieux, et qui tirait gravement sur sa pipe.

– Peut-être.

– Et que ferez-vous d'une jeune fille?

– Rien justement. Je la détruirai, et je me détruirai ensuite.

La conversation prenait un tour inattendu. Xavier riait en douce. Ses parents échangeant des regards interrogateurs. Aude était pourpre. Ils accusaient mal le coup. J'avais détruit en quelques répliques ma réputation de garçon raisonnable, équilibré, et j'en concevais un plaisir que Xavier semblait partager.

– A votre âge, habituellement, on s'intéresse

plus aux jeunes femmes qu'aux jeunes filles, non?

– Les femmes me répugnent. Elles sentent mauvais. Du parfum, partout. Mais l'odeur enfantine d'une jeune fille... Quoi de plus beau? Et puis... Quand vous faites la cour à une femme tout est bien trop simple, vous lui plaisez ou pas, elle vous le fait savoir à divers signes, elle ne dissimule rien.

Je marquai une pause. J'essayais de ne pas m'écouter parler. Je durcis ma voix, et dis la suite très vite, sans presque reprendre mon souffle :

– Courtiser une jeune fille, c'est justement un jeu de simulateurs. Tout le monde cache ses cartes. On essaie de tricher, de regarder les cartes du voisin, et on prend des claques, ou des baisers, c'est selon. Un rien vous rend très heureux ou très malheureux, parfois les deux à la fois.

– J'ai lu un livre de Jammes là-dessus, interrompit Aude.

– *Laissez venir à moi les jeunes filles frêles,* cita Xavier avec emphase.

– Jammes a une conception 1900 de la jeune fille, et, de plus, fausse de bout en bout. Il croit en leur pureté. Illusion! Rien n'est moins pur qu'une jeune fille, qu'une vraie jeune fille. Je ne parle pas de ces produits fades des familles bourgeoises... Celles-là...

Je clignai de l'œil en direction de Xavier.

– Celles-là, moi aussi, elles me font vomir...

Aude dit :

– Alors, une jeune fille, c'est quoi?

– Le contraire d'une femme, simplement. Quelqu'un de beau, de jeune, de tendre, de doux.

Madame R réprima une moue gênée :

– Vous vous faites une belle idée de la femme.

Il y eut un silence.

La conversation reprit ensuite un cours plus normal. Quelques lieux communs me permirent de remonter dans l'estime des parents de Xavier. Aude gagna sa chambre après le repas. Elle devait travailler. Elle me serra la main avec sa vigueur habituelle.

Xavier me raccompagna. Nous marchions au milieu de la chaussée, sans parler. Le ciel était noir, la ville silencieuse.

– J'aime trois personnes, dit Xavier quand nous fûmes arrivés devant chez moi : moi, toi, et ma sœur.

– Par ordre d'importance?

Il n'a pas hésité une seconde pour dire :

– Oui. Mais tu le savais.

J'ai hoché la tête. Un car de police, blanc et noir dans la nuit, s'arrêta à notre hauteur. Le nez contre la portière, un flic nous surveillait. Il avait une sale gueule.

– Ils nous prennent pour des pédés, dit

Xavier. Ils vont attendre là jusqu'à ce que nous nous séparions. Au revoir.

Il a ri, et est parti en courant.

– Laurent, c'est pour toi.

Je ne dormais pas, je rêvassais, je méditais un peu. Il était deux heures de l'après-midi, un jour ensoleillé de novembre, ou de décembre, je ne sais plus, j'ai égaré les cahiers de mon journal qui relataient cette époque, j'avais tiré les rideaux de ma chambre et je m'étais couché mais je ne trouvais pas le sommeil.

– C'est Xavier.

Je collai l'écouteur contre mon oreille.

– On va à Blonville, en Normandie, avec Aude, tourner un film. Nos grands-parents nous ont donné les clés de leur villa. Tu viens ?

– Vous partez maintenant ?

– Tout de suite. Je passe te chercher, okay ?

– Il faut que je fasse ma valise.

Mon père, qui se trouvait dans la pièce, leva les yeux de son journal et me regarda, interloqué.

– Passe dans un quart d'heure.

Évidemment, mes parents n'ont fait aucune difficulté.

– Sois prudent.

J'ai hoché la tête.

Aude attendait dans la voiture. Je me suis assis sur la banquette arrière, à côté de la caméra, du pied, et de divers accessoires. Xavier rayonnait.

Au premier feu rouge, j'ai demandé :

– De quoi il parle, ton film ?

– Le sujet, je l'ignore encore, dit Xavier. J'ai eu une idée, ou plutôt une vision si tu veux : une jeune fille au bord d'une plage, c'est l'automne et elle marche.

– Lelouchien, ton truc.

– La ferme. Toi, tu es un type et tu la rencontres, et il y a des gestes.

– Comment ça, des gestes ? a demandé Aude, inquiète.

La pluie s'est mise à tomber, une pluie lourde, que le vent, malgré tout, faisait tournoyer.

– On reste combien de temps ?

– On part demain soir. On tournera les premières scènes demain, ou même ce soir.

– Il sera long, ton film ?

– Un quart d'heure.

– Et tes grands-parents, tu les as prévenus ?

Aude s'est retournée. Elle riait.

– Tu n'as rien compris... Nos grands-parents sont à Paris, chez nous, pour le week-end. Ils nous confient la villa.

Une éclaircie, puis le soleil revint tout à fait. L'autoroute se déroulait, métallisée, grondante. Des klaxons criaient de toutes parts. Xavier roulait lentement. Il avait peur. Il s'agrippait au volant, freinait sans cesse. Je ne me sentais pas en sécurité. Aude semblait ne rien remarquer, ou le feignait simplement. Elle ne voulait pas froisser son frère, elle l'aimait tellement. J'étais en dehors, et ça me gênait un peu. Je n'ai jamais su jouer le rôle de l'intrus.

Nous arrivâmes à bon port quatre heures plus tard, et la somptuosité de la demeure me fit sursauter.

– C'est ça?

Xavier s'est amusé de ma mine ébahie.

– Ça ne te plaît pas?

– Merde, c'est beau!

C'était une grande maison rouge, avec des volets blancs, un jardin devant, des allées de gravillons et la mer.

– Tu dormiras dans la chambre d'amis.

Aude me conduisit dans une vaste chambre silencieuse, avec un grand lit, et une fenêtre donnant sur la mer.

Xavier a regardé le ciel, pensif. Il s'ombrait, mais il restait encore assez de lumière pour filmer.

– On prendra peut-être quelques vues ce soir.

J'ai ouvert ma valise à moitié vide. J'avais emporté une chemise, un pull, un slip, un maillot de corps, une paire de chaussettes, et une bible – la bible pour les nuits d'insomnie, mais il n'y en eut pas.

On a cogné à la porte. Aude est entrée.

– Alors, ça te plaît, ici?

– Épatant.

– Nous y passons tout l'été. En automne, la ville est vide, Xavier écrit ou fait semblant, et je joue du piano.

A court d'idée, je dis bêtement :

– C'est un joli coin.

D'abord un silence, présageant des confidences. Puis un tout petit soupir. C'était parti.

– C'est la première fois que Xavier amène un ami. L'été, la maison est toujours pleine de monde, mais c'est toujours moi qui les amène. Xavier n'aime pas beaucoup les gens.

Elle ajouta, révélatrice :

– Il s'aime trop.

Alors que je savais tout cela depuis longtemps déjà.

Elle s'est dirigée vers la fenêtre. Le vent faisait frémir les vitres et déchaînait les flots.

J'imaginais Xavier, à l'écart ou au centre d'un essaim de jeunes filles bavardes, et si belles, leur expliquer pourquoi il n'arrivait pas à vivre, à aimer, et les jeunes filles écoutaient, attentives, quelques-unes amoureuses, Aude, les yeux pleins d'amour mais de mépris aussi, je vois très bien le mépris dans les yeux d'Aude. Et la plage, les rires des filles et les corps bruns sur le sable, les jeux et les éclats de voix. Et Xavier, étranger à la jeunesse, mal fait pour vivre, qui dérivait. J'imaginais.

Xavier est entré, botté et vêtu d'un duffle-coat comme j'en portais à quinze ans. Il y avait un côté toujours puéril dans la mise de Xavier.

– Qu'est-ce que vous fichez? Dépêchez-vous, il ne reste presque plus de lumière.

Nous sommes descendus sur la plage. C'est une grande plage, en cette saison le sable n'est pas jaune, plutôt ocre, caca d'oie, la mer toute grise, moutonneuse avec ce vent, bavant l'écume. Xavier a fait de savants calculs pour régler son objectif, puis a jeté un regard alentour.

– Mets-toi là.

Aude a obéi. Elle tenait la tête légèrement penchée de côté, dans une attitude rêveuse qui me déplaisait car je la savais préparée par Xavier.

– Assieds-toi sur le sable.

Il a pris quelques plans fixes : Aude assise, Aude faisant quelques pas, Aude en larmes, etc. Le ciel se couvrait de nuages noirs, et la lumière se faisait rare.

– On prendra le reste demain, dit Xavier.

– Il faut que je fasse à manger, dit Aude.

Xavier a fait un pas vers moi.

– On va la laisser s'occuper de ça. Tu viens?

Aude gravissait déjà les marches de bois de l'escalier pour gagner la baie. Je renonçai à la suivre.

Au bord de l'eau, le vent soufflait fort, et l'embrun nous mouillait le visage. Au loin, on distinguait des cheminées, et une fumée noire qui s'en échappait.

– C'est Le Havre.

L'humidité mordait le visage. Je grelottais. Xavier portait des bottes, moi des clarks, et mes pieds gelaient. Je n'osai faire part à Xavier des souffrances que j'endurais, elles me paraissaient trop peu graves pour préluder aux confidences qui, je n'en doutais plus maintenant, allaient suivre.

– Aude cuisine bien ?

Ma question passa totalement inaperçue.

– Je ne peux pas vivre, il y a toujours une partie de moi qui se détache de l'autre, la regarde et par là l'empêche d'agir.

Je me mouchai.

– Et tout cela ne m'intéresse pas, j'ai un peu peur de m'y mêler.

– On rentre ?

– Chaque automne, c'est pareil. Je me sens finir. Je tombe.

– Attends le printemps, soupirai-je.

– Je n'en peux plus. Aujourd'hui, ça passe les bornes. J'ai peur du matin au soir. Ça ne me lâche plus. Elle me dévore, cette ignoble petite peur. Des fois même, il me semble l'entendre : des borborygmes plaintifs. Elle vit en moi, tu comprends.

Je ne pouvais tout de même pas dire : *tu te fais des idées.* Je m'en suis tenu à un silence attentif, agrémenté de hochements de tête, d'acquiescements inconditionnels.

– Aude aussi me fait peur par moments. On

dirait qu'elle veut me détruire. Il faut que je me méfie d'elle. Tu ne crois pas?

Je n'en pouvais vraiment plus. J'ai glissé, d'une voix timide :

– On rentre?

Il a paru déçu.

Aude avait mis la table et l'huile bouillait dans la friteuse.

– Je vais écrire, a dit Xavier.

Il est monté dans sa chambre. J'ai rejoint Aude dans la cuisine.

– Je peux t'aider?

– Xavier t'a parlé de moi?

Elle portait un tablier qui la vieillissait. Elle avait relevé ses cheveux en chignon.

– Non, il n'a pas parlé de toi.

– Alors, il a parlé de lui, comme toujours?

Se haïssaient-ils vraiment? Je n'ai jamais su répondre à cette question.

– Tu sais, c'est un mythomane. Il ne faut pas croire ce qu'il dit.

En disant ces mots, elle avait pris un petit air vieillot qui ridait son visage, ternissait l'éclat de ses yeux. Une grand-mère jalouse. Je la dévisageai, presque effrayé.

Après le dîner, tandis qu'Aude faisait la vaisselle, Xavier m'a proposé une partie d'échecs. Il jouait aux échecs comme il menait sa vie, sans réfléchir ou en réfléchissant trop, c'est pareil. Il allait droit au but, sans songer aux pièges que je lui tendais, et dans lesquels il ne manquait jamais de tomber, parce qu'il n'avait d'yeux que sur lui. Je ne l'avais jamais vu gagner une partie d'échecs, sauf avec Aude, mais au début de l'automne, quand il venait juste de lui apprendre à jouer. Supposer que son adversaire allait lui aussi vers un but précis le dépassait. Il construisait ses attaques avec habileté et beaucoup d'invention, mais, à l'approche du but, il se laissait avoir par la plus grossière des ruses. Sa vie ressemblait à nos parties d'échecs.

Nous nous sommes couchés vers onze heures. Aude s'était endormie dans un fauteuil, en lisant *La Nouvelle Héloïse*. Xavier l'a prise dans ses bras et l'a portée au premier. Je lui ai dit bonne nuit. Aude dort un doigt dans la bouche. Une jeune fille dans son sommeil paraît si vulnérable.

Je me suis endormi sans peine. Le vent hurlait. Il faisait froid dans la chambre mais, sous les couvertures, j'étais bien. Je n'avais pas tiré les volets. Partout hors de ma chambre, je m'endors sans peine, j'ai hâte d'être au lendemain. Ma chambre est la même tous les matins.

Xavier est venu me réveiller vers neuf heures. Il était en pyjama. Il s'est assis au bord du lit. Je me frottai les yeux. Dehors il pleuvait, et le vent soufflait de plus en plus fort.

– Tu as entendu le vent, toute la nuit ? On n'a vraiment pas de pot.

– Ça s'arrangera peut-être ce soir.

– Sûrement pas.

Aude avait préparé un petit déjeuner à la mode anglaise, avec des œufs sur le plat, du thé au lait, des toasts à la confiture d'orange. Puis chacun de nous a fait sa toilette, en traînassant. J'ai pris une douche et je me suis rasé. Ensuite je suis remonté dans ma chambre, j'ai fait le lit et j'ai mis de l'ordre. Aude s'est assise au piano, je suis redescendu et, ma bible dans les mains, je l'ai écoutée jouer. Xavier s'est assis devant le guéridon Empire, il écrivait.

– C'est quoi ? demanda Aude.

– N'arrête pas de jouer, lui dit Xavier.

Aude a laissé ses doigts courir sur le clavier.

Je n'avais jamais rien lu de ce qu'écrivait Xavier. Aude m'a dit qu'il ne laissait jamais personne lire ce qu'il écrivait. Un jour, par mégarde, elle avait lu quelques poèmes signés Xavier, un large paraphe au bas du feuillet. *Ce n'était pas très bon*, me dit-elle.

A midi, la pluie a cessé.

– On va manger au restaurant, il y en a un épatant tout près.

Aude marchait entre nous deux. Elle peinait pour suivre notre allure et, à un moment donné, elle s'est accrochée au bras de Xavier, qui l'a regardée, et n'a su que sourire.

D'abord, dans l'entrée, un porte-manteau et une grande glace. Puis une longue salle, avec des boiseries aux murs, un plafond à caissons, et une grosse horloge dans un renfoncement. Deux tables seulement étaient occupées. De petites nappes à carreaux rouges et blancs couvraient les tables. Nous avons examiné le menu, c'est Aude qui a passé la commande. On a mangé des moules marinières, de la noix de veau et des haricots verts. La viande était tiède. Nous avons bu de l'eau.

Au dessert, un rayon de soleil, est tombé dans la rue, puis deux, puis trois.

– Rentrons, dit Xavier.

Nous sommes revenus au pas de course. La mer s'éclairait. D'abord Xavier a tourné quelques raccords, il manquait d'imagination. Ensuite, il m'a expliqué la scène.

– Tu t'approches. Il n'y a pas un mot. Elle te suit. Tu poses la main sur son visage.

Je n'avais plus la moindre envie de rire, je me sentais parfaitement ridicule, et je l'étais. Un vieil homme élégant, qui promenait un épagneul au poil lisse, s'est retourné. J'ai baissé les yeux.

– Tu l'entraînes dans un coin désert, et tu la tues.

– Pardon ?

– Enfin, tu l'étrangles, quoi !

– Bien sûr.

Le pire fut la scène de la strangulation. J'essayais en vain de durcir mon regard, je fronçais les sourcils, plissais le front, m'arrangeais pour faire apparaître mes canines pointues, sans pour cela jouer moins mal, mais Xavier ne fit aucune remarque, – et ne remarqua sans doute rien. Au fond, il se foutait complètement de ce film.

Il a usé quatre bobines. A trois heures, il jugea son œuvre achevée, et nous allâmes nous reposer.

Je me suis couché et j'ai dormi jusqu'à sept heures. Quand je suis descendu, Aude préparait le dîner dans la cuisine et Xavier écrivait, assis à sa place habituelle.

– Bien dormi ?

Je n'ai pas répondu.

Le ciel était noir de nouveau, et la pluie flagellait la chaussée, et un certain Jésus, dont je suivais depuis un mois les aventures, disait à ses disciples : *mangez-en tous car ceci est mon corps, buvez-en tous car ceci est mon sang.*

– On dort ici, ce soir ?

– On partira demain matin, ça ne te gêne pas ?

Xavier a refermé le petit cahier à couverture rouge dans lequel il écrivait.

Nous avons dîné.

Après le repas, il se remit à écrire et Aude joua un prélude de Chopin. Xavier applaudit. Il s'est levé, il a rangé le cahier rouge dans un tiroir.

– Je me couche, demain on se lève tôt. Tu viens, Aude ?

Ils se tenaient la main en grimpant l'escalier. Je les suivais, j'étais bien placé pour le voir. Je me suis déshabillé et je me suis couché nu sous les couvertures. J'adore les grands lits mous, tièdes et si affectueux, j'ai une grande tendresse pour eux, pourtant je me suis levé, j'ai enfilé mon pantalon dans le froid de la chambre et j'ai redescendu l'escalier. Je me suis cogné au canapé. Il faisait très sombre, mais j'avais repéré le tiroir. J'ai pris le cahier et je suis remonté dans ma chambre. J'ai allumé la lumière de la lampe de chevet. Sur la première page, ces mots : *Contes Érotiques.* J'ai d'abord été étonné, puis j'ai ri, quel curieux puceau faisait Xavier. Le cahier contenait cinq contes, dont un inachevé. J'ai calmé mon impatience et les ai lus l'un après l'autre. En général, c'était médiocrement écrit, et très pornographique, un peu naïf. Je suis redescendu ranger le cahier.

Le lendemain, on a pris notre petit déjeuner à la va-vite. A cinq heures du matin, en novembre, il fait encore nuit, et la nuit réconforte.

Puis, le jour s'est annoncé, clair et doux. Il y avait encore peu de voitures sur la route.

– Qu'est-ce que tu écris, en ce moment ?

Xavier n'a pas répondu tout de suite.

– Un roman.

– Un roman sur quoi ?

Quelqu'un a klaxonné et il n'a pas entendu ma question. Aude l'a très bien entendue, mais elle s'est gardée d'intervenir.

– Ça s'appelle comment ?

Au fond, j'étais rassuré. Xavier portait trop bien le génie pour en être un.

– Aude, tire les rideaux.

Elle a tiré les rideaux, puis elle est venue s'asseoir près de moi, sur le lit. Xavier plaça un disque sur le pick-up.

– C'est quoi?

– Berlioz. Opus 14. Tu vois?

– Tu lésines pas.

– Il faut ce qu'il faut, dit Aude en riant.

– Ça commence, annonça Xavier, nous intimant le silence.

Le ronronnement du projecteur est venu s'ajouter aux envolées lyriques de Berlioz. La journée s'annonçait bien.

Aude pleurait, Aude marchait, Aude riait, dans le brouillard bleuté du crépuscule encombré d'ombres, le vent dans les cheveux. Une petite fille, moins jolie que je ne l'avais cru, aux gestes apprêtés, aux mines fabriquées, tout simplement. L'image était trouble, et souvent instable.

– Ça te plaît? demanda Xavier.

– Pas mal.

J'appréhendais le moment de mon entrée en scène. Il ne tarda pas. Je m'étais cru moins grand, moins voûté, moins maladroit, et surtout un peu plus beau.

– C'est toi, dit Aude.

– J'ai vu. Quel désastre !

– Tu es très bien.

– Un peu nonchalante, ton allure, pour un type qui va commettre un meurtre, dit Xavier.

Au moment du crime, nous éclatâmes tous trois de rire, moi pour faire comme eux plus que par simple envie.

– Il faudrait couper, dit Aude en s'essuyant les yeux.

Le film s'achevait sur quelques vues de la mer, assez réussies, elles.

Dehors, il faisait beau et doux. Nous devions être en février, mais je ne me fie plus beaucoup à ma mémoire, il faudrait que je demande à Aude.

– Ce n'est pas monté ?

– Non.

Aude est allée dans sa chambre.

Xavier s'est penché à la fenêtre ouverte. L'air était frais, imprégné de pluie. Il sentait l'herbe coupée. Le ciel paraissait soudain très bleu. La chaussée était mouillée. Il y avait du bonheur, mais aucun de nous ne savait le saisir. Qui oserait nous le reprocher ? Ou même nous traiter de maladroits ?

– Le printemps approche. Regarde.

Il me désigna la ligne rousse qui suivait l'alignement des toits.

– Ce n'est pas une preuve, dis-je d'une façon assez absurde.

– Je suis en train de penser que je suis seul.

– Tout le monde l'est.
– Tu peux partir si tu veux.
– Je t'ennuie ?
Il se tourna vers moi.
– Non, mais je voudrais rester seul un moment.

Sa peur et son faux génie m'ennuyaient. Je suis parti. Nous ne nous sommes pas revus.

A l'amitié de Xavier, je préférais celle de garçons plus jeunes, plus drôles, qui savaient se passionner pour des filles et des motos, quelquefois même pour des idées politiques. A la mienne, Xavier préférait la solitude, et sa sœur, *c'est la période la plus triste de ma vie* me confia Aude. Je le regrettais, mais ne tenais pas tellement à voir la situation se modifier.

Le suicide de Xavier a cassé l'équilibre de ma vie d'enfant. Peut-être était-ce un dernier appel ? Ou rien du tout, une lubie, un caprice, mais je ne sais plus le mépriser. Je ne sais plus mépriser personne.

Il y a sur les lèvres d'Aude un goût qui lui ressemble.

Xavier se tua le jour de ses dix-neuf ans. Il a détruit tous ses manuscrits, sauf un. Il n'a laissé qu'une grosse enveloppe, au dos de laquelle s'étalaient ces mots : *Pour Aude, le jour de ses dix-sept ans.* En toute autre occasion, j'aurais éclaté de rire, mais, ce jour-là, inutile de dire que je n'en avais pas envie.

J'avais passé la matinée chez un ami. Nous avions écouté des disques et parlé des vacances qui approchaient. Nous avons déjeuné de pain, de pâté, de jambon et de bière. Je ne me rappelle plus du tout le nom de ce type. Sa chambre était sale, triste, avec un plafond très haut et, aux murs, un papier peint délavé. Quelques posters dénichés dans les hebdos de la Pop Music. Après déjeuner, nous avons fait la sieste. Je dors toujours après déjeuner, Aude dit que c'est une habitude de vieux. Peut-être. De toute façon, je suis vieux depuis l'enfance, j'ai les habitudes de mon âge.

Je suis rentré chez moi un peu avant cinq heures. Ma mère lisait. Pour lire, elle mettait des lunettes un peu trop élégantes, et tenait la tête bien raide. Elle considérait la lecture comme une occupation sacrée, et je me gardai de la déranger. J'entrai dans ma chambre, et parcourus le journal que j'avais acheté en chemin. C'était *le Monde,* je crois, mais je ne suis sûr de rien. J'oublie toujours les détails.

A six heures, le téléphone sonne. Je décroche. Aude.

Je ne reconnus pas sa voix tout de suite.

– Xavier s'est tué. Viens.

J'ai couru dans les rues pleines d'enfants, c'était jeudi. La fraîcheur du soir tombait lentement. Les gens sortaient du travail. Il commençait à y avoir la queue chez les épiciers. Tout était pareil.

Il y avait une voiture de police devant l'immeuble et une ambulance, et des gens attroupés autour, excités, parfois graves, parfois presque gais.

Aude m'attendait, un peu à l'écart. Je ne vis aucune trace de larmes sur son visage. Nous avons fait quelques pas, sans rien dire.

– Je ne comprends pas, dis-je pour rompre un silence qui devenait insupportable.

– Il t'avait dit quelque chose?

– Il répétait qu'il allait se tuer. C'était une manie. Je ne pouvais pas croire... Lui-même, d'ailleurs...

Les larmes d'Aude m'ont pris au dépourvu. Elle a caché sa tête dans ses mains. J'ai vu une larme dégouliner sur son nez. Elle a d'abord pleuré en silence, puis elle a laissé échapper quelques petits gémissements. J'ai posé la main sur son épaule. Elle a relevé la tête.

Nous sommes entrés dans un café de la place de la Mairie. Il faisait sombre à l'intérieur.

– Tu prends quoi?

Elle s'est remise à pleurer, et le garçon semblait gêné. Nous n'avons rien commandé.

Je passe ma vie dans les cafés, avec des gens qui n'écoutent pas ce que je leur dis. Ce ne sont même pas des cafés à la mode, ce sont des cafés de banlieue, trop vastes, ternes, mal éclairés, vides.

– A seize ans, moi aussi... Mais de là à le faire.

Aude s'essuya les yeux, chercha une cigarette dans son sac. Je lui tendis mon paquet. Elle en sortit une et l'alluma. Elle tira une courte bouffée. Ses reniflements avaient quelque chose d'enfantin.

– Xavier n'avait plus seize ans.

J'ai failli dire que je n'en étais pas sûr.

Le garçon, voyant la situation s'éclaircir, revint à la charge. Je commandai deux orangeades.

– Il aurait pu me parler, reprit Aude. J'ignore tout de ce qu'il peut y avoir dans cette enveloppe. Il ne m'en a jamais parlé. Il ne me parlait plus de rien.

Elle fumait nerveusement, et ses phrases étaient hachées.

– Quand j'étais plus jeune, il me tenait de longs discours que je ne comprenais pas. Il venait dans ma chambre, le soir. Il me caressait les cheveux. Il m'embrassait. Ensuite, je ne sais pas... J'ai dû être maladroite.

Elle ramena une mèche de cheveux rebelle derrière son oreille droite. Ses oreilles sont petites et rondes.

Le garçon apporta les deux orangeades sur un plateau.

– J'aimais bien quand il me caressait les cheveux.

J'ai glissé la main dans ses cheveux. Elle s'est pliée à ma caresse, inconsciente. Je la sentais si proche, tout à coup. Le garçon nous observait du comptoir, en essuyant les verres.

– Il t'aimait, dis-je, mais il n'osait pas le dire. Nous parlions beaucoup de toi. Quand Xavier disait : *ma sœur*...

Je déteste mentir, surtout d'une façon aussi lamentable, mais le visage perdu et les yeux d'Aude m'y forçaient un peu.

– Oui ?

– Il fallait se taire, écouter. Sa voix se transformait, elle devenait plus sonore. Il cessait enfin de s'écouter, il vivait vraiment. Il y avait du bonheur sur son visage, tu sais comme moi que c'était peu souvent qu'il y en avait, mais là il y en avait. Tu me comprends ?

– Bien sûr.

Elle buvait mes paroles.

J'ai eu envie de l'embrasser à ce moment précis. Le serveur nous regardait toujours. Il paraissait fatigué.

– C'était mon frère, souffla Aude. C'était moi.

Elle but son reste d'orangeade trop vite et salit son pull-over. Elle ne s'en aperçut même pas et les deux gouttes de liquide jaune demeurèrent intactes, bien ovales, accrochées aux mailles. J'ai pensé un instant à les essuyer, mais elles se situaient à la hauteur des seins, et mon geste aurait certainement paru déplacé.

– Si nous sortions...

– Pourquoi ?

– Xavier est mort aujourd'hui, quand même...

– Oh! Ne le répète pas, Laurent.

– Sortons.

Elle me dévisageait, il y avait dans ses yeux comme une demande de pardon. Ils étaient très sombres, avec des points clairs.

J'ai laissé l'argent sur la table de formica et nous sommes partis. Dehors, les trottoirs s'emplissaient, on se cognait à tout le monde.

– Personne ne verra plus l'été, maintenant.

– Je sais, dit Aude sans réfléchir.

Puis elle me regarda, intriguée, mais ne dit rien.

Dans un parc aux allées couvertes de gravillons blancs, à l'ombre d'un chêne feuillu, nous nous sommes assis. Aude a posé la tête sur mon épaule, sans rien dire. Je n'ai pas osé l'embrasser. Au bout d'une dizaine de minutes, peut-être lasse, et inquiète, et consciente soudain de la terrible nouvelle, elle m'a laissé sur un petit signe d'au revoir.

Je suis rentré chez moi. Mes parents m'attendaient pour dîner. J'essayais de me rappeler chaque mot qu'avait dit Aude, chacun de ses gestes, et les miens, et ceux que j'aurais dû faire, et les mots que j'aurais dû dire. Je récrivais la scène à ma convenance. Mon père parlait, il me posait des questions auxquelles je ne répondais pas, un peu par étourderie, beaucoup par lassitude, et jetait un regard interrogateur en direction de ma mère qui haussait les épaules. Il faisait très lourd, je transpirais.

– Qu'est-ce que tu as?

– Xavier est mort.

Mon père s'est penché vers moi, avec une grimace.

– Xavier, ton camarade?

– Il s'est tué dans l'après-midi.

– Xavier, a dit simplement ma mère.

– Oui, Xavier.

– Qu'est-ce que tu as?

Je n'ai pas répondu. Je me suis levé, et j'ai renversé la chaise.

– Tu pourrais faire attention aux chaises, a dit mon père.

Je suis allé dans ma chambre, je ne voyais plus rien. J'ai tiré les rideaux et je me suis couché. J'avais très mal à la tête. Un étau comprimait mon front. Mes pensées les plus simples s'embrouillaient, se mélangeaient, se désagrégeaient. Et cela, tout d'un coup, sans le moindre prélude.

J'ai poussé dans l'obscurité de la chambre des petits cris, un peu forcés, et je tentais de fixer mon attention sur des souvenirs précis. J'évitais de penser à Xavier mais, justement, son visage était partout.

La porte s'est ouverte. J'ai senti la main de ma mère sur mon front.

– Sors.

– Qu'est-ce que tu as?

– Merde, sors.

Elle est demeurée encore un moment, incertaine, peut-être même inquiète. Je lui ai fait de la main le signe de sortir. Elle s'est levée.

– Je t'apporte un cachet, avec du tilleul.

– Sors.

La porte s'est refermée. Je n'ai pas essayé d'entendre ce que ma mère disait à mon père, dans le couloir.

Je n'arrivais pas à serrer les poings. Mes doigts tremblaient, et la tête me faisait de plus en plus mal. La douleur au front descendait lentement; mon cœur battait fort; j'évitais de bouger la tête. Chaque mouvement anéantissait l'anesthésie provisoire qui ne s'obtenait que par de longs moments d'immobilité.

J'imaginais les blessés sur les champs de bataille, dans la boue et le froid, qui gémissaient, et je me sentais un peu honteux, mais je n'étais jamais allé sur un champ de bataille, je n'avais jamais tenu un fusil ni même vu un cadavre, certains diront dommage d'autres tant mieux, qui croire? Je n'avais jamais vu souffrir personne, mourir personne, je n'avais jamais tué personne, et je me doutais bien que la guerre devait être un beau spectacle pour un écrivain mais je n'y avais jamais assisté et je ne voulais pas devenir écrivain. *Il nous reste nous-mêmes*, disait Xavier. *C'est tout, c'est peu, et peu y résistent*. Même pas lui.

Une petite lumière glissa sur le mur, et ma

mère entra. Elle me tendit le cachet que je portai à mes lèvres, puis je bus deux gorgées de tilleul.

– Laisse-moi maintenant.

Quand l'obscurité et le silence sont revenus, j'ai pu me rappeler la suite. Il disait : *j'ai aimé un garçon. J'avais quatorze ans, lui douze. Il était tout blond, en Angleterre. Un soir, il est entré dans ma chambre.*

Toutefois, je soupçonnais Xavier d'inventer quelque peu, d'enjoliver. Ce petit garçon, d'après moi, c'était un rêve, une homosexualité jamais réalisée. La preuve : il ne consentit jamais à me conter l'aventure en détail. Mais, qui sait ? Peut-être un soir, en Angleterre, dans une maison abandonnée, a-t-il fait l'amour avec un très jeune garçon qui l'aimait. Pourquoi non ? Pourquoi en avoir honte, même si ce n'est pas vrai ?

– Laurent... Ça va mieux ?

Mon père n'a rien dit d'autre. Il a posé un baiser timide sur mon front et s'est retiré sur la pointe des pieds.

Peu à peu, mon esprit s'est éclairci. Même cet élancement au front devenait doux. J'ai fait quelques gestes, avec une grande prudence. J'ai changé l'oreiller de place. Je voulus me lever pour aller uriner mais je n'en eus pas le courage.

Les confidences de Xavier saillaient à l'instant où l'on s'y attendait le moins. Un jour il me dit :

j'ai essayé de jouir dans une génisse, cet été. Impossible. Le fils du fermier m'a traité d'impuissant.

Et son rire éclate dans ma tête, déchire les souvenirs.

Je me suis levé, enfin. J'ai uriné et je me suis recouché. Je n'ai pas trouvé le sommeil. Je me suis relevé pour aller me rafraîchir la bouche au robinet, et je suis allé pisser une seconde fois. Je me suis endormi très tard.

Des résidus de cette nuit me poursuivirent deux ou trois jours, puis je me sentis mieux.

III

J'ai rencontré Aude un 2 octobre clair, sur les pelouses du lycée. Je sortais d'un cours de maths. Thierry m'accompagnait. J'aperçus Sandra qui tenait salon, à l'ombre de l'orme, sa place favorite, avec autour d'elle des garçons de sa classe. Je la saluai brièvement; elle me répondit de même. Nous en étions là. Un an s'était écoulé sans qu'autre chose que des banalités fût échangé entre nous.

Nous avons grimpé le terre-plein.

– Vous me trouvez belle?

Le timbre noble de cette voix attira mon attention. Je baissai la tête. Accroupie devant nous, une gamine blonde au minois espiègle se coiffait. Le soleil ruisselait sur ses cheveux en plaques dorées. Aude. Je la connaissais de vue.

– Pas mal, dis-je.

Je me suis assis. L'effronterie de cette jeune fille m'attirait, presque autant que sa beauté.

Thierry, après quelques instants d'hésitation, s'éloigna.

– Qu'est-ce qu'il a? demanda Aude, l'air désolé.

J'avais deviné que Thierry lui plaisait plus que moi.

– Un chagrin d'amour.

C'était faux. Mais il fallait dire quelque chose, et les chagrins d'amour sont un sujet sur lequel je suis intarissable. J'inventai une histoire rocambolesque, pour le seul plaisir de voir s'illuminer les yeux d'Aude, purs comme une source, bleu-gris. Quand j'eus terminé, elle m'enveloppa d'un regard interrogateur.

– Tu es Laurent?

Je hochai la tête. Aude est l'amie de Sandra, je le savais, mais tout était si loin. Je lui offris une cigarette. La fumée bleutée s'envolait de ses lèvres. L'air du matin était limpide et frais.

– Sandra m'a parlé de toi, dit Aude.

Je ne dis rien. Puis, je ricanai sottement :

– Il y a de cela longtemps, je suppose.

Un sourire passa dans les yeux clairs d'Aude et elle dit :

– Assez longtemps, oui.

Je me suis allongé sur l'herbe parsemée de feuilles mortes, sèches et roulées sur elles-mêmes, qui craquaient dans la main.

Trois garçons commencèrent à lutter, par jeu, sur la pelouse, avec des cris et des rires.

– Ils sont dans ta classe?

– Malheureusement.

Sandra, à dix mètres de là, tournait sans cesse la tête vers nous. J'ai eu l'envie soudaine de fuir cette gamine et de reprendre Sandra dans mes bras mais j'étais trop fatigué et ces deux heures de mathématiques m'avaient ôté tout esprit d'initiative.

Un peu plus tard, après des bribes de dialogue sans intérêt, je me levai et époussetai mon pantalon.

– Au revoir.

Je revis Aude la semaine suivante, et ce jour-là, je fis la connaissance de Xavier. C'était un mardi midi, après la cantine. Le temps était beau. Des fenêtres de ma salle, j'aperçus la chevelure blonde d'Aude. Je demandai à Thierry s'il m'accompagnait. Il dit que non.

Je sortis. Aude m'accueillit avec chaleur, ce qui, somme toute, m'étonna. Je lui serrai la main, ainsi qu'à son amie, qui lisait.

Xavier ne ressemble pas à Aude, loin de là. Il est grand, porte de longs cheveux châtains, et la couleur de ses yeux hésite entre le marron et l'orangé. A les voir l'un près de l'autre, personne ne se douterait qu'ils sont frère et sœur.

Ce qui me frappa tout d'abord, en Xavier, ce fut la fixité un peu hagarde de son regard, sa façon de vous dévisager et de vous jeter des regards inquiets, curieux. Il s'assit près de nous.

Il échangea quelques mots avec sa sœur. La demie de deux heures sonna.

– Qu'est-ce que tu as, maintenant? me demanda-t-il à brûle-pourpoint.

– Rien.

– On va prendre un pot?

J'opinai de la tête, sans rien laisser voir de ma surprise.

Dès lors, je ne revis plus Aude que par l'intermédiaire de Xavier. La pluie et le froid chassaient les élèves des pelouses, et rarement, quand je rencontrais Aude dans un couloir, avais-je le temps de lui faire la conversation.

Après la mort de Xavier, je n'entendis plus parler de la jeune fille. Je passai l'été sur la Côte basque, dans les bras ardents mais inexperts d'une jeune fille riche dont j'ai oublié le nom mais pas le visage.

Quelques jours après la rentrée de l'année suivante, j'ai rencontré Aude seule dans un couloir. Je me suis approché, presque ému. Elle lisait *Guerre et paix*. Elle m'a souri. Le couloir était jaune et un élève avait écrit au feutre rouge : *Damaris enculé*. J'ignorais qui pouvait être ce fameux Damaris, et je m'en fichais. Dehors, il faisait sombre et lourd. Je m'assis près d'Aude, le plus souplement possible.

– Ça me fait plaisir de te revoir, dit-elle. Je m'ennuie à mort dans ce lycée...

– Où tu en es? demandai-je en désignant le livre.

– Quand le prince André reconnaît son rival à qui on coupe une jambe.

– On va au cinéma?

Elle me suivit, sans poser de questions sur le film que nous allions voir et dont j'ignorais d'ailleurs encore le titre.

Nous étions presque les seuls dans la salle. C'était une salle minuscule, mais confortable. Un soir de l'année dernière, j'avais attendu l'ouvreuse après son travail et nous avions pris un verre en face du cinéma. Elle ne couchait qu'avec des étudiants – pour se faire une culture, je pense. Elle se taisait bien, qualité rare, mais les poèmes la fatiguaient. Elle rencontra un étudiant en Droit et nous rompîmes le 7 février. Elle devait avoir un difficile problème d'héritage à régler.

La salle tomba dans l'obscurité. Le film était long et ennuyeux. Quand les lumières se sont rallumées, Aude a tourné la tête vers moi. Sandra devait lui avoir confié que j'étais un fumant critique de cinéma.

– Ça t'a plu?

– Et toi?

Thierry prenait toujours cette précaution, avant de donner son avis, de demander celui des autres, et personne ne répondait jamais. Habitude d'adolescence, encore.

Nous sommes sortis. Nous avons pris un verre dans un café. Il était cinq heures.

– Qu'est-ce que tu as fait, cet été?

Aude a allumé une cigarette. Elle était moins belle, mais me plaisait plus que l'année précédente. Elle avait acquis un certain aplomb, des graines de personnalité. Je la sentais déjà femme, et maintenant les femmes m'intéressaient, du moins voulais-je le croire.

– Je suis allée en Italie, avec mes parents.

Elle a bu un peu de son Coca. Je me rappelais une scène similaire, mais je ne parvins pas à fixer un nom sur le visage que j'avais alors devant moi. Ce n'était pourtant pas difficile.

– Et toi ?

– A la mer, avec mes parents...

Nous sommes sortis du café à six heures. Le jour baissait.

C'était une petite rue, que bordaient d'un côté des maisons et de l'autre une palissade. Il y avait une R16 bleue garée contre le trottoir et, plus loin, un vélomoteur. Je me suis arrêté. Aude a pris un air déjà soumis. J'ai mis une main sur son épaule et je me suis penché. Elle est bien plus petite que moi et je n'aurais pas dû l'embrasser debout. Je me sentais ridicule.

Ensuite, je l'ai raccompagnée jusque chez elle.

– Je te verrai demain, à midi.

Elle a disparu dans la cage d'ascenseur. Je suis revenu chez moi. J'ai bâclé en quelques minutes un problème de physique que j'avais déjà fait l'année précédente. Je me suis couché et j'ai allumé une cigarette. J'ai lu un peu.

L'automne de cette année fut radieux. Au début, la petitesse des seins d'Aude me dérouta, mais je m'y fis vite. D'abord, je n'aime pas les gros seins, ça fait matrone.

Nos rapports se stabilisèrent presque immédiatement. Nous prîmes nos habitudes : celle de venir nous embrasser à l'endroit même où nous nous étions rencontrés pour la première fois, celle de venir chez moi les jeudis après-midi, sans rien y faire, d'ailleurs, que nos devoirs. La première fois que je lui ouvris ma chambre, Aude refusa fermement de se laisser dévêtir. Je me contenterais d'une idylle à peu près platonique. Cette chasteté forcée ne me déplaisait pas et j'avais recours à de vieux procédés qui me rappelaient la puberté.

Ma mère se montrait aimable avec Aude mais, dès que nous étions seuls, ne cessait de me demander ce que je « fabriquais » avec une gamine de quinze ans. *Surtout pas un bébé,* ajoutait-elle en plaisantant. C'eût été difficile.

Et l'hiver. Qui n'a pas aimé une fille en hiver, à Paris? Les cinémas, les cafés bourrés de monde, les tasses de chocolat qui vous brûlent la langue, le Jardin du Luxembourg, les baisers sous les porches des maisons quand la pluie tombe, les soirs précoces. J'en rêvais depuis l'âge de douze ans, c'est venu et je me suis senti vieux. *Les plaisirs trop désirés perdent à la possession toute leur saveur,* disait Xavier en s'écoutant parler. Aude m'aimait, je l'aimais, peut-être n'avons-nous pas su nous le dire? Il y a toujours une raison. Il suffit de chercher.

Au printemps malgré tout, nous étions toujours ensemble. Bien vite notre idylle avait pris un caractère officiel. On parlait sans arrêt de moi à Aude, on me parlait sans cesse d'Aude, on ne citait jamais l'un sans l'autre. Même les professeurs, dont Florence, étaient au courant. Une rupture aurait entraîné nombre de commérages, et nous restâmes ensemble, peut-être à cause de cela.

Un samedi de début juin, alors que nous lisions chacun un livre, Aude *la Princesse de Clèves,* moi *les Trois Mousquetaires,* toujours à cette même place que l'hiver avait un peu saccagée, à droite du tilleul, sur l'herbe fraîche, Aude dit :

– Sandra nous invite demain chez ses grands-parents, à la campagne.

– Elle m'invite, *moi?*

– Pourquoi pas?

Elle a ajouté, avec un sourire :

– Vous vous êtes bien connus, à une certaine époque, non?

Je n'ai pas répondu. Elle n'a pas insisté. Elle a feint de lire encore quelques lignes, puis elle a relevé les yeux et m'a demandé :

– C'est d'accord?

Je fermai mon livre.

– Si tu veux. Qui nous emmène?

– Le type de Sandra.

Je sursautai.

– Il a une voiture? (Ce n'était pas la question que je voulais poser.)

Aude a fait oui de la tête. Elle attendait mes questions. Elle avait frappé juste, elle le sentait, la pute. Bien sûr, je mourais d'envie d'en savoir plus, mais le piège était quand même trop visible pour que j'y tombe du premier coup. Aude n'y tint plus.

– C'est un garçon bien, dit-elle.

– Je n'en doute pas.

J'avais du mal à garder mon calme.

– Il fait ses études d'ingénieur.

Moi non plus, je n'y ai plus tenu. J'ai marmonné :

– Il est barbu?

– Pourquoi?

– Ah, je m'en doutais...

A partir de ce moment, j'ai su que je ne pourrais plus me contenir. Je me taisais depuis un an, il fallait que ça explose un jour ou l'autre.

– ... Sandra épousera un barbu, un grand barbu, un beau barbu à grosses couilles, qui lui fera des petits garçons propres, intelligents et respectueux, qui plus tard seront barbus comme leur père.

– Qu'est-ce qui te prend?

– Et je parie qu'en plus il fume la pipe.

L'homme idéal, quoi. Il la baisera chaque soir, ils donneront pour l'UNICEF, ils achèteront de beaux livres par souscription sans jamais les lire, comme tout le monde fait. Et *merde* ils seront heureux, malgré tout ils seront heureux, *et moi non...*

Aude a fait le geste de visser son index sur sa tempe.

– Tu es fou.

Nous sommes allés manger. J'ai passé l'après-midi dans ma chambre. Il faisait beau par-delà les rideaux de ma fenêtre et, bien sûr, je ne pouvais pas travailler.

Le lendemain matin, je devais être à sept heures devant la mairie, sempiternel lieu de rendez-vous. Il faisait frais. Peu de passants sur les trottoirs; des autos, des vélomoteurs, et rares. Les gens se taisaient. Une ville endormie ou encore somnolente, qui m'était inconnue. J'avais un peu peur, mais ce devait être de revoir Sandra, de replonger dans un passé que je m'étais forcé, tout au long de cette année, à oublier. A sept heures et quart, une voiture s'est arrêtée devant moi, je me tenais sur le rebord du trottoir. Je suis monté. Aude m'attendait sur la banquette arrière. Sandra m'a dit bonjour, François aussi. Il était blond, barbu, et assez beau. Sandra et Aude parlèrent entre elles, et je me tus. Parfois François demandait quelque chose – une cigarette, un chewing-gum – et quand Sandra le lui donnait, il disait : *Merci, chérie.*

Nous sommes arrivés à dix heures. Les grands-parents avaient préparé un petit déjeuner : du café au lait et des tartines beurrées.

Vers midi, nous allâmes déjeuner sur l'herbe et il y eut un moment de gêne : je n'avais pas dit un mot depuis le début du trajet. Les deux filles se sont éloignées. Je suis resté seul avec François.

– Sandra m'a parlé de toi, commença-t-il. Elle t'aime beaucoup. Elle dit que tu es un garçon plein de talent.

– Elle n'y connaît rien.

– Je suis aussi au courant de ce qui s'est passé entre vous deux.

Il a marqué une pose avant de dire :

– Il ne s'est d'ailleurs rien passé, et puis il y a si longtemps.

– Un an.

– Un an, c'est long.

– Qu'est-ce que tu cherches?

– Pardon?

– Là, qu'est-ce que tu cherches? Ça te regarde si j'aime Sandra, s'il y a eu quelque chose?... En quoi cela te concerne-t-il?

– Écoute, je te parle amicalement.

– Je n'en ai rien à foutre. J'étais sa chance, sa seule chance. Elle n'en a pas voulu. Le reste, c'est un mensonge. La vie ment, tu ne comprends pas ça? Depuis le début, la vache!

Il n'a pu retenir un sourire, et moi j'avais du mal à ne pas éclater en sanglots devant cette andouille qui se payait le luxe de me regarder avec un petit air narquois.

– Tu le prouves ? Ce n'est pas marxiste. Un marxiste comme toi...

– Et mon cul, il est marxiste ?

– Très drôle.

– Espèce de crétin.

Il a légèrement pâli.

– On pourrait s'arrêter là ?

– Tu as peur ?

Il s'est redressé.

– Certainement pas. J'ai un pcu pitié.

Je l'ai giflé. Il n'a pas fait un geste, ou dit un mot. Son regard n'exprimait rien. Je suis resté face à lui, l'air menaçant, la main bourdonnante. Sa lèvre supérieure tremblait, et il était très blanc. Mais il n'a pas fait un geste.

Les filles sont revenues à ce moment. Elles se doutèrent de quelque chose. Nous mangeâmes nos sandwiches. Puis nous avons fait la sieste. Le soleil brillait de nouveau et il faisait chaud. Nous nous sommes étendus sur l'herbe. Je n'ai pas dormi.

Vers quatre heures, je me suis levé et j'ai fait une promenade seul dans le bois.

Nous sommes rentrés à Paris à sept heures. J'ai serré la main de Sandra et de François, j'ai embrassé Aude sur la joue.

Je revis Sandra le lendemain. Au tennis. Je m'étais assis à l'ombre des feuillages, j'attendais Aude qui m'avait promis d'être là avant cinq heures; il était moins dix. Ce fut Sandra qui apparut d'abord au bout de l'allée, en jupe blanche et tricot bleu, avec sa raquette sous le bras. François l'accompagnait. Il portait un sac de sport.

François prit les deux cartes pour retenir un court. Il en trouva un, mais libre seulement dans une demi-heure. Sandra me proposa de faire quelques pas. François acquiesçait avec un sourire bienveillant. Au moins, il n'était pas rancunier. Je me levai et suivis Sandra sans un mot, le long de l'allée.

– Alors, tu es heureux avec Aude?

Sandra avait une façon bien à elle de poser des questions, avec un sourire énigmatique, la tête baissée et le regard un peu fuyant, rien de l'assistante sociale dont elle voulait jouer le rôle avec moi, ce qui m'exaspérait.

– Je défaille de bonheur...

Je fis un grand geste, elle rit.

Il y eut un silence, troublé par le bruit sourd des balles heurtant les raquettes et la terre battue des courts. Autour des joueurs s'élevaient des nuages de poussière rouge qui piquaient les narines. Quelques rires, *quinze-quarante, servez Madame...*

– Et toi, tu es heureuse?

– Pourquoi cette question?

– Tu viens de me poser la même.

Sandra soupira.

– Peut-être, oui.

Je dis :

– Tu ne risques plus rien, maintenant. Dis-le que tu m'aimes. Tout est fini, tu peux le dire.

Elle sourit.

– Non.

Mais je ne voulais pas entendre.

– Tu m'aimes depuis le début. Notre amour est éternel.

– ... Tu lis trop.

– Tu ne m'oublieras pas. Comment pourrais-tu m'oublier ?

– Je ne t'aime pas.

Elle le dit calmement, avec un visage clair et serein, une lueur d'ironie dans les yeux, mais la maison était cassée, les meubles je m'en fichais.

– Tu as peur, parce que tu sais que j'existe, et que je veux posséder. Tu as peur de mes grilles. Tu préfères François : il ne vit pas, il suit sa vie. Cela ne s'appelle pas vivre. D'ailleurs, tu ne veux pas vivre, tu ne sais pas ce que c'est. Avec moi, tu aurais appris. Seulement...

Elle n'hésita presque pas avant de dire, d'une voix triste, pleine de commisération :

– C'est le contraire.

Elle avait raison, évidemment. Je faisais du roman depuis le début. J'avais oublié la vie, le temps, et l'élément primordial : Sandra ne m'aime pas.

– Je sais.

– Alors?

Elle secoua la tête. Elle paraissait ennuyée.

– Il n'y a rien eu entre nous, quelques baisers, même pas de caresses et on ne pouvait pas se parler, il y avait un mur, tu le sais comme moi, alors je ne comprends pas pourquoi tu fais tout ce ciné, aujourd'hui avec moi, hier avec François. *Vraiment...*

Nous sommes revenus vers les vestiaires. François en sortait juste, les cuisses serrées dans un short trop étroit, une raquette à la main. Il rayonnait. Nous nous sommes assis.

J'ai vu la silhouette d'Aude se préciser. Elle longeait la haie blanche, touchait les arbustes, arrachait les petites feuilles dures des buissons, et les mâchonnait. Elle a embrassé Sandra, serré la main de François et ne m'a pas adressé le moindre salut. Je me suis demandé pourquoi, mais ça m'était égal.

– Tu as réservé un court? me demanda-t-elle.

– Dans vingt minutes, tu as tout ton temps.

– Vous jouez à la même heure que nous?

– Si nous faisions un double?

– D'accord, Sandra?

Personne ne me demanda mon avis.

Aude a mis les quatre cartes sur le même court.

Nous hésitâmes pour les équipes. Aude et moi ensemble, le jeu n'aurait pas été égal. Sandra dit que cela importait peu.

– François jouera avec moi, décréta Aude.

Je me suis tourné vers Sandra et j'ai murmuré :

– Rien ne te sera épargné, ma pauvre chérie...

Elle haussa les épaules.

François jouait mal, le savait, mais s'appliquait, écoutait les conseils, et sa docilité m'était insupportable. Il ne se rebiffait jamais. Je m'échinais à le rendre ridicule en lui envoyant des balles difficiles mais sa bonne volonté arrêtait toutes les moqueries.

Peu à peu, ils se mirent à jouer tous trois, d'une façon si naturelle qu'il m'était impossible de les accuser de le faire sciemment. Ils riaient, échangeaient quelques mots, couraient dans tous les sens, sauf le mien. Je me tenais immobile, pâle de colère et d'humiliation, renvoyant les rares balles qui venaient jusqu'à moi avec mauvaise humeur. La fin de l'heure fut un supplice.

François nous raccompagna tous les quatre dans sa voiture. Il me déposa devant chez moi. J'ai grimpé l'escalier et j'ai sonné. Ma mère est venue ouvrir.

– Qu'est-ce qu'il y a?

Elle avait une voix douce, pénétrante, comme

on a pour les malades, et le son seul de cette voix redoublait mes larmes.

– Laisse-moi passer.

Elle s'est écartée, sans cesser de me regarder. Je ne suis pas entré tout de suite.

– Je suis navré, maman.

– Plus personne ne t'empêche d'aller dans ta chambre.

Je n'ai rien su dire. Je suis entré. Ma mère a fermé la porte derrière elle.

Je suis resté à la maison toute la semaine, sans sortir une seule fois. Quand Aude téléphonait, je faisais dire que j'étais absent. Ma mère respectait cette claustration et inventait toutes sortes de stratagèmes pour la préserver. Je me donnais pour excuse la préparation du bac. Le septième jour, Aude sonna, maman voulut la renvoyer, mais je la laissai entrer.

– Qu'est-ce que tu fiches depuis une semaine ?

– Je travaille.

Elle rit.

– Menteur !

Elle s'est approchée. Son visage était tout près du mien.

– Embrasse-moi.

Je l'ai embrassée.

– Tu es libre, cet après-midi ? Sandra organise une surprise-partie.

– Il y a longtemps que je ne vais plus aux surprise-parties.

Aude consulta sa montre.

– Il est trois heures. Tu viens ?

J'ai poussé un soupir.

– Qu'est-ce qu'on va faire ?

– Tu sais que Sandra a rompu ?

– Ce n'est pas vrai.

Elle a fait glisser la paume de sa main sur ma joue.

– Bien sûr que ce n'est pas vrai, idiot. Alors, tu viens ?

Je me suis levé et j'ai pris dans l'armoire un pantalon propre et une chemise bleu clair que ma mère m'avait offerte pour mon anniversaire. Je me suis dissimulé derrière un battant de l'armoire pour changer de pantalon.

J'ai prévenu ma mère que je rentrerai peut-être tard. Elle ne sourcilla pas, dit à Aude quelques amabilités d'usage et nous sortîmes.

– Tu l'aimes encore.

– Qui ?

– Sandra.

– Je ne veux pas aller à cette surprise-partie. Je vais me sentir vieux, je n'aime pas ça, je n'irai pas. Allons autre part, n'importe où.

Elle a pris ma main. Un passant s'est retourné. Qu'y avait-il de si bizarre ?

– Il y a un an, Xavier est mort.

Nous étions le 1er juin.

IV

Florence a trente et un ans. C'est mon professeur d'anglais. Elle est mariée et a une fille, Mélaine, qui a dix ans et est amoureuse de moi. Enfin, qui l'était.

Florence est plutôt petite, mince, avec un visage fin et terne, rehaussé par deux grands yeux bruns. Elle est entrée vite; nous avons tout juste eu le temps de regagner nos places respectives. Elle s'est assise au bureau. Elle a repris son souffle, elle devait avoir couru. Le silence dura peut-être une minute, troublé par des rires étouffés, des chuchotements, des bruits de chaise. Enfin, elle se décida à faire l'appel. L'appel achevé, elle s'est levée et s'est assise sur le bord du bureau. Elle avait pris soin de mettre un pantalon.

Elle nous parla d'une voix frêle, un peu éteinte. Elle semblait chercher désespérément dans la classe un visage sur lequel poser les yeux, mais sa timidité ne supportait pas la fixité d'un regard, et dans les nôtres luisait une ironie presque hostile.

J'avais le nez collé à la fenêtre. Quelques rares silhouettes allaient d'un bout à l'autre de la cour inondée de soleil, un soleil matinal, trouble, vaporeux. Un soleil d'octobre.

– Vous avez des questions ?

Personne n'a levé la main, mais peu après j'ai entendu quelqu'un dire :

– Vous oubliez les fiches, madame.

– Mon Dieu oui, les fiches.

Il y eut quelques rires.

Je préparais les miennes d'avance, habitude de potache. A dix, tout le monde avait terminé, et Florence laissa échapper quelques « euh » qui démasquaient son embarras.

– Qu'est-ce que vous voulez faire ?

Un « rien » sonore émergea du fond de la classe, puis des rires.

– Alors ?

Elle nous proposa de conter nos vacances, en anglais. Une fille assez laide décrivit son mois de juillet à la campagne, dans une grande maison, des vacances comme on en voit seulement dans les films, avec des cousins et des goûters interminables, un premier amour, peut-être même un dépucelage, mais la fille n'en dit rien. Deux garçons s'essayèrent après elle, avec moins de succès mais plus d'humour. Le premier, resté à Paris, évoquait Paris au mois d'août, les filles en groupe, toutes blondes, et les Anglaises aux jupes courtes. L'autre commençait à peine à parler de la Pologne quand la sonnerie retentit.

Le vendredi, nous avions cours avec Florence de 4 à 5. C'était à la mi-novembre. A cette heure-ci, peu nombreux étaient ceux qui, parmi les élèves ou les professeurs, prenaient leur tâche au sérieux. L'attention de la classe se dispersait en diverses conversations. Je ne connaissais personne. Faute d'interlocuteur et las de silence, je me suis tourné vers Florence, qui s'échinait en vain à remettre un peu d'ordre et, pourquoi pas? à faire son cours.

Elle me plaisait beaucoup, avec ses sourires désabusés, ses gestes lents, sa résignation. Elle parla avec finesse de Fitzgerald. Comme moi, elle avait compris que Tom, Nick et Gatsby ne sont que Fitzgerald lui-même, vu sous trois angles différents : le riche; l'employé issu du Middle West qu'il fut à ses débuts; et enfin, l'image la plus cruelle : l'homme déchu. Nous parlâmes longtemps de cela, appuyant nos affirmations d'exemples. C'était agréable.

– Je vous raccompagne?

– J'habite tout près, c'est inutile. Au revoir, et merci quand même.

Je suis rentré à la maison. J'ai téléphoné à Aude, pour le seul plaisir d'entendre sa voix. Elle n'a pas compris, elle a raccroché, sans me laisser le temps de lui dire *je t'aime*. Au fond, tant mieux : ce n'était pas sincère. Dans ces histoires-là, mieux vaut éviter les faux-semblants.

Mes relations avec Florence en restèrent là jusqu'au jour où je la rencontrai, au bras de son mari, devant un cinéma du Quartier Latin. Le ciel était sombre. Les cafés avaient déjà allumé leurs lumières. Les néons se mélangeaient au jour gris dans une teinte suspecte. Il y avait des feuilles mortes collées au trottoir et beaucoup de voitures collées les unes aux autres sur le boulevard. Je suis entré chez Maspéro où j'ai feuilleté les bouquins. J'aime bien toucher les livres, même sans les lire. J'ai acheté deux brochures.

J'ai décidé d'aller voir *City Lights* que l'on reprenait dans un cinéma de Saint-Germain-des-Prés. Je m'y suis rendu à pied. Dans les premiers mètres de la queue, j'ai tout de suite reconnu Florence, au bras d'un type plutôt grand et bien habillé, son mari. Rarement la chance m'a si bien servi.

– Laurent, dit Florence. Mon mari... C'est l'un de mes plus brillants élèves, ajouta-t-elle en direction du mari.

– Il ne faut pas exagérer, dis-je avec une grimace destinée à mettre en valeur ma modestie.

La conversation dévia sur leur fille. *Elle a dix ans,* me précisa Florence, *mais elle n'est pas très mûre pour son âge.* Justement ils devaient sortir ce soir, et cherchaient quelqu'un pour veiller sur elle.

– Moi, si vous le voulez.

– Pourquoi pas?

– Deux places...

– Une place, merci.

Quand nous sortîmes du cinéma, il faisait tout à fait nuit, et j'avais les larmes aux yeux. Je revoyais le film pour la quatrième fois et, de nouveau, la dernière scène m'avait bouleversé.

– Alors, c'est d'accord?

Florence m'expliqua comment arriver chez eux. Il était six heures. J'ai enfourché mon solex et je suis rentré prévenir ma mère. Elle me prépara un dîner froid que j'ai avalé en trois bouchées, et je suis reparti. Il pleuvait maintenant. La pluie me giflait au visage, je grelottais.

Florence habite un immeuble résidentiel, sur les hauteurs de la ville, près des Buttes-Chaumont. Il y a un parc autour de l'immeuble, avec des arbres, des peupliers je crois, et un type en automne qui balaye les trottoirs couverts de feuilles mortes. En général ce sont des journaliers qui font ce travail. J'ai laissé mon solex au bord du trottoir et j'ai pris l'ascenseur.

Devant la porte, j'ai passé la main dans mes cheveux, j'ai remonté mon col roulé, puis j'ai sonné. On n'a pas ouvert tout de suite. J'ai entendu comme quelqu'un qui courait, ensuite des pas plus sages, mesurés.

– C'est vous... Entrez. Florence se prépare. Un whisky?

– Oui, s'il vous plaît.

Mélaine m'a à peine regardé, elle a pris un stylo qui traînait sur le buffet et est sortie.

– Elle est un peu sauvage... Elle n'a que dix ans.

Il m'a tendu le verre à moitié plein, où nageait un énorme glaçon. J'ai bu une gorgée.

Je l'ai regardé avec plus d'attention. Il portait un costume cognac, une chemise à jabot et un petit nœud-papillon. Il était rasé de près. Il paraissait mal à son aise, et ses oreilles étaient cramoisies.

– Voici justement ma femme...

Je me suis levé.

– Bonsoir, Laurent.

Mélaine est réapparue. Florence nous a regardés l'un après l'autre, en souriant, et a dit :

– J'espère que vous ferez bon ménage.

Elle a enfilé ses gants.

– Tu viens, Bernard?

– J'arrive.

– Au revoir, les enfants...

Mélaine évitait avec soin mon regard, du moins jusqu'à ce que ses parents s'en aillent. Quand ils ont fermé la porte, elle s'est accroupie sur la moquette. Je me suis assis près d'elle.

– Je ne sais pas votre nom.

– Laurent.

J'avais très envie de dire Xavier mais une peur obscure me retint.

– Tu as des devoirs pour demain?

Ma position d'aîné me paraissait suffisante pour la tutoyer. Elle n'a pas paru surprise. Elle a fait non de la tête.

– On pourrait jouer à quelque chose? proposa-t-elle.

Je la regardais, j'admirais. Un nez de félin, noble et impertinent, aux narines allongées. Un front lisse, que l'on devine haut, mais dissimulé par une mèche de cheveux. Elle tombe sur l'œil, et répand un air gavroche, mutin, sur tout le visage. Les yeux baissés, ombragés de cils à peine faits, apportent la touche voulue de romantisme. Ensuite, les lèvres. Toutes deux saillantes, à peu près de la même grosseur. On peut croire un instant à une moue de déplaisir mais, aux commissures, des taches d'ombre nous rassurent : il s'agit d'un sourire. Un peu désabusé, certes, mais un sourire quand même. La gorge, où s'enroule un collier de pierres multicolores, acheté pour rien, au hasard d'un couloir de métro. Pour le corps : un buste plat; de longues jambes, plutôt maigres; des épaules fragiles. Voilà Mélaine, dix ans.

Je n'avais pas apporté de travail, ni de livre. J'étais tout à la disposition de ce petit être sauvage, qui me ravissait par sa beauté et la simplicité de ses attitudes.

Elle me fit presque oublier Aude, et la querelle stupide que nous avions eue la veille.

Tous les jeux y passèrent. Cela dura peut-être une heure. La sueur humectait le front de Mélaine. Elle jouait avec frénésie, toute à son jeu, prête toujours à s'abandonner.

– Je vais te montrer mes robes.

Elle me conduisit dans sa chambre. Je n'aime pas cette chambre. Elle sent la décoration des parents, la fausse ingénuité, le trop bon goût. Mélaine adorait changer de robe, de pantalon, de tricot. Elle demeurait de longues minutes immobile devant la psyché, avec une douce complaisance. Elle demandait mon avis sur la coupe, le mariage des teintes, etc. Je m'attachais à trouver tout ravissant et lui allant très bien.

A dix heures, néanmoins, je dus la faire coucher. Elle s'y refusa tout d'abord, prétextant le manque de sommeil, mais ses yeux se fermaient et sa résistance ne dura pas. Elle ne s'avoua pourtant pas vaincue. Couchée, elle m'ordonna de rester près d'elle et de lui raconter une histoire.

Je l'ai dite vite, sans réfléchir. J'étais un peu énervé :

– Le pavé glisse, il a plu. Les Champs-Élysées sont longs et penchés. Je vais tête nue, les yeux ouverts. Il est quatre heures. J'ai poussé la porte vitrée d'un café très grand. La petite fille s'ennuie, les yeux perdus devant sa tasse de chocolat vide. Le brouillard embue les vitres. Les passants hâtent le pas. Une moue triste posée sur les lèvres, ses gestes trop précis pour ne pas être étudiés, elle passe la main dans ses cheveux noirs. A côté d'elle il y a une vieille dame grise mais quelque chose me la cache. La petite fille brune se lève, elle porte un long manteau rouge, et dessous un tricot blanc à col roulé et un pantalon rouge large dans le bas, très mode. Elle marche droit, comme une aveugle, insensible aux regards posés sur elle. Elle a dix ans, peut-être neuf. Je préférerais qu'elle en ait neuf, elle s'appelle Mélaine et, comme vous vous en doutez, j'ai décidé de la tuer.

Mélaine n'écoute pas, elle me regarde dans les yeux, elle ne sourcille même pas. Elle est ailleurs. Je crois qu'elle m'aime. Moi, je continue, elle me plaît cette histoire, et elle vient toute seule.

– La suite est dans un musée, au milieu des statues, morts aux yeux blancs, cadavres au sourire vide. Mélaine gardait un air absent devant la pâleur des statues que la vieille dame, intarissable, commentait. Je fais taire mes pas. Mélaine suce son index devant un tableau interminable, elle dévisage les touristes, esquisse des pas de danse sur le parquet. Mélaine rencontre mes yeux posés sur elle. De la surprise, un peu de mépris, pas de rire. J'ai fait un pas, elle en a fait un autre. Personne ne voyait, sauf nous. Cela m'a amusé. Je lui ai fait signe du doigt, elle est venue aussitôt, mes mains frémissaient. Nous avons descendu l'escalier de marbre. Je l'ai conduite à travers les Tuileries détrempées, aux couleurs sales, sous un ciel d'instant en instant plus noir. Il fallait faire vite. Près du bassin, j'ai pris sa main, je l'ai serrée fort. Je l'ai hissée sur la margelle. Elle paraissait heureuse. Elle me jetait un amoureux regard de victime, déjà. Consentante, prête à l'holocauste. J'ai eu peur qu'on m'enlève ma sacrifiée, mon secret plaisir, je l'ai serrée fort contre moi. Le flic m'a regardé, soupçonneux, j'allais aussi vite que je pouvais, je n'aime pas les flics. J'ai suivi la Seine encore dix minutes, les bruits s'espaçaient.

« Dans une avenue avec des immeubles très hautains sur les côtés, j'ai tué Mélaine, *strangulation* a dit l'enquête. C'était, je me rappelle, sous un marronnier comme ceux de l'avenue Montaigne, plus gros. J'ai pris son cou mince dans mes mains, j'ai éclaté d'un gros rire méchant et j'ai serré. Elle s'est mise à pleurer et elle a ouvert la bouche et elle bougeait la langue, muette, il y avait des larmes dans ses yeux, un oiseau que l'on tue. Et puis plus rien. Elle est tombée sur le trottoir. Mon ange a glissé mort sur le trottoir, j'ai souri, *tu es belle, morte, ne regrette rien.* Ses lèvres sont rouges et ses yeux noirs, ses cheveux sont noirs et ses cils sont très noirs, les corbeaux sont noirs et la nuit, le ciel est noir.

Mélaine dort.

– Qu'est-ce que tu fais là ?

J'ai levé les yeux d'une anthologie de la poésie française.

– Du baby-sitting, ma chère. Ou presque. Plutôt : du flirt platonique avec la fille de mon professeur d'anglais. Elle me tient compagnie, je veille à ce que les vieux messieurs ne lui fassent pas des avances malhonnêtes. C'est un bon boulot.

Aude s'est assise. Elle portait un caban bleu et un pull bleu sur un chemisier blanc. Elle n'était pas très belle, ce matin. Un ciel bleu clair, sans nuage mais blanc sur les bords, avec le soleil dans un coin, qui donnait une lumière fragile, teintait d'or pâle la façade du Palais du Luxembourg. Je me sentais bien. Des bruits familiers, le crissement des graviers, les appels des enfants et le murmure du vent dans les arbres, tissaient une atmosphère rassurante, rêveuse même. J'aime me sentir entouré, protégé par les choses et les gens, et je suis un habitué des jardins.

Aude jeta un regard à la ronde.

– Où est-elle ?

– Elle joue, quelque part. Et toi ?

– Je me promène, dit Aude d'une voix brève.

Je ne pris pas sa main, ni ses lèvres. Il faut être sur un banc pour jouer à l'amour, de chaise à chaise c'est difficile. On se sent dans des positions ridicules et inconfortables.

Pourtant, Aude semblait attendre un geste de ma part. Seulement j'arrive toujours quand on ne m'attend pas, je ne sais pas reconnaître un appel. Il ne suffit pas de s'aimer, encore faut-il le faire au même moment.

Rarement Aude faisait un pas d'approche, rarement elle s'abandonnait. Je la sentais éternellement murée dans son orgueil, je l'étais dans ma paresse : les rapprochements devenaient difficiles.

– Tu ne m'aimes pas, Laurent. Tu ne cherches jamais à faire deux avec moi. Nous sommes toujours un contre un. C'est épuisant.

– Je pourrais te faire la même remarque.

Elle haussa les épaules, et fit une moue, l'air de dire : ça n'a rien à voir.

Sa main s'est emparée de mon poignet, presque honteuse. Aude pleure pour un rien; j'ai vu des larmes couler sur ses joues. J'ai couvert sa paume de petits baisers tendres, très « vieux amants ».

A ce moment, Mélaine apparut. Elle n'a rien dit. Nous avons échangé un bref regard, puis elle s'est enfuie.

– C'est elle?

J'ai acquiescé de la tête. Aude a souri. Je crois qu'elle se moquait de moi, mais, sur le moment, je n'y ai même pas songé. Je me suis levé.

– Où vas-tu?

Mélaine s'était assise, seule, sur un banc de pierre, dans l'ombre. Elle ne pleurait pas. Elle semblait m'attendre. Je me suis assis à côté d'elle. Je dis aux enfants qui jouaient près du banc de s'éloigner un peu. Le gardien, un gros bonhomme aux bajoues tombantes, m'adressa un regard surpris. Je me sentais plutôt mal à l'aise.

– Qui est-ce?

– Aude.

– Pourquoi tu lui embrassais la main?

J'ai souri.

– Pour rien. Je l'aime bien, c'est tout.

L'air fraîchissait. Mélaine frissonna.

– Viens, il faut rentrer.

– Et moi, tu m'aimes comment?

La chaise qu'occupait Aude était vide. Mélaine ne put retenir un sourire satisfait, et un soupir soulagé.

Nous descendîmes le boulevard Saint-Michel et prîmes le métro. Florence n'était pas encore rentrée, elle faisait des courses. Nous nous assîmes dans les fauteuils du salon. Mélaine sauta sur mes genoux. Elle a mis les bras autour de mon cou. Elle portait une courte jupe écossaise, et ses cuisses étaient nues. Je n'ai pu résister à l'envie de les caresser.

– Embrasse-moi.

Ensuite elle est retournée s'enfoncer dans le fauteuil qui faisait vis-à-vis à celui que j'occupais. Elle a remarqué mon sourire et, je ne sais pourquoi, s'est empressée de dire :

– Tu sais, de toute façon, tu n'es pas le premier...

– J'espère bien.

– Tu es le dixième.

Elle mentait certainement.

– ... Et celui que je préfère.

Elle a croisé les jambes. Elle avait de très jolies jambes pour une gamine, et je sentais ma virilité s'éveiller, comme on dit dans les romans.

– Il faut que je parte.

– Attends maman.

Nous nous sommes couchés sur le tapis, et j'ai caressé Mélaine d'une façon assez pudique. J'ignore le temps que cela a duré, pas longtemps. Le soleil avait disparu, les rues étaient rouges, le ciel vide.

L'arrivée de Florence, les bras chargés de paquets, coupa court à l'entretien. Je déclinai son invitation à dîner, prétextant je ne sais quel empêchement.

La seconde fois que Mélaine me surprit avec Aude, ce fut à Biarritz, et dans un lit. La fin des vacances approchait. La vie de plage commençait à m'ennuyer. J'avais vaguement proposé à Aude de coucher avec moi, mais elle s'y était d'abord refusée. Un lendemain de querelle, il y en avait tellement entre nous, elle était entrée dans ma chambre, mais je l'avais repoussée. Ce jour-là, j'étais entré dans la sienne, et elle n'avait rien dit. Elle dormait, la tête sur ma poitrine, et parlait dans son sommeil, en suçant son pouce. Par la fenêtre juste face au lit, je voyais le soleil se coucher. Il déclinait lentement, s'attardait. Le ciel s'empourprait, l'air était léger, je me sentais bien.

Soudain la porte de la chambre s'est ouverte. Je n'ai pas bougé, Aude ne s'est pas réveillée. Le visage de Mélaine apparut dans l'encadrement. Elle ne comprit pas tout de suite, me sembla-t-il. Elle m'adressa d'abord un regard plus qu'étonné, puis elle a baissé les yeux. Je ne l'avais jamais vue rougir à ce point. J'ai posé un baiser sur les lèvres d'Aude pour la réveiller, je n'aurais certainement pas dû le faire. Mélaine s'est détournée et je l'ai entendue courir dans le couloir. Aude bâilla, se frotta les yeux.

– Qu'est-ce qu'il y a?

Je l'ai embrassée encore, parce que ses lèvres sont douces et ont le goût de l'enfance, elle a à peine répondu à mon baiser.

– Elles sont rentrées.

– Et alors?

Il y avait du défi dans sa voix, je n'ai jamais su me dérober aux défis qu'elle me lançait, je ne suis pas assez courageux pour assumer ma lâcheté.

– Alors rien.

Je suis allé fermer la porte et nous avons fait l'amour de nouveau, mal, comme si nous nous haïssions. A un moment, j'ai cru entendre des voix derrière la porte.

Nous sortîmes du lit à huit heures, de la chambre au quart. Florence préparait le dîner, elle a feint d'ignorer ce qui se passait. Mélaine nous accueillit avec un silence glacial.

– Tu t'es bien amusée? demanda Aude, sans vouloir la narguer mais assez maladroitement.

– Et vous?

Ce disant, elle a tourné les yeux vers moi. Elle pleurait.

– Vous pourriez tout de même aller faire ça ailleurs que dans ma chambre.

Aude est sortie et a claqué la porte derrière elle, je l'ai entendue grogner :

– Petite conne.

– Va-t'en, m'a dit Mélaine. Tu me dégoûtes.

Je suis sorti à mon tour.

– Le dîner est prêt, a dit Florence.

L'idée de devenir l'amant de Florence, ne fût-ce que pour quelques après-midi, ne m'avait pas même effleuré. L'entente entre elle et son mari semblait si parfaite qu'en aucun cas je ne me serais risqué à la troubler. Et puis, j'avais assez à faire avec Mélaine qui, à chacune de nos entrevues, réclamait baisers et caresses, chaque fois plus intimes. J'accomplissais ma tâche avec le plus de prévenances possible, mais c'était difficile. Mélaine savait ce qu'elle voulait, et comment l'obtenir. Rien ne semblait lui causer plus de plaisir que de voir mon sexe durcir et faire une bosse sur ma cuisse. A plusieurs reprises, Mélaine me proposa ses services pour ne pas laisser perdre toute cette énergie inutilement mais je me fis un devoir de refuser. Je préfère le faire moi-même. Les filles se débrouillent mal, il y en a qui vous manient ça comme un manche à balais. J'y tiens, à mon truc, je ne le confie pas à n'importe qui. Or, dans ce domaine, Mélaine manquait – pensais-je – de pratique.

J'ignore si Florence est tombée dans mes bras, ou moi dans les siens. Ce sont des choses que l'on découvre bien plus tard, après réflexion. Tout l'hiver avait passé, un peu de printemps. Mélaine avait grandi. J'étais peu à peu devenu l'intime de la famille. On me demandait conseil pour la décoration d'une chambre, l'achat d'une voiture, la coupe d'une robe. Aude ignorait à peu près tout de mes relations avec Florence. Elle ne me posait pas de questions. Nous commencions à nous ennuyer beaucoup ensemble et, de ce fait, nous évitions de l'être.

Le dernier trimestre s'effilochait. Dans la crainte de rater notre baccalauréat, nous n'assistions presque plus aux cours et bachotions dans nos chambres pour nous retrouver parfois dans un café, en fin d'après-midi. Ce jour-là, j'avais travaillé toute la matinée, près de quatre heures. Pour l'après-midi, j'hésitais entre une partie de tennis et une visite au lycée, quand il fait beau il y a toujours au moins une personne que vous connaissez sur les pelouses, et avec qui vous pouvez causer un moment, flirter si c'est une fille. J'optai pour le lycée.

Il était deux heures. Au lycée, j'ai salué Aude. Quelques garçons de sa classe se tenaient autour d'elle. Dès mon arrivée ils se sont tus.

– Tu t'amuses bien ?

– Et toi ?

– Tu as cours maintenant ?

Pour seule réponse, elle s'est levée et s'est éloignée, l'air amusé.

A la demie, les pelouses se sont vidées. Je me suis adossé à un arbre et j'ai savouré le silence, comme on goûte le soleil après un long hiver. J'ai fermé les yeux. Il faisait bon.

– Laurent, quelle surprise !

La voix de Florence, gaie et amicale. Elle s'est assise en tailleur, comme une gamine, et a posé les mains sur ses genoux, le dos raide.

– C'est la première fois que je vois un prof s'asseoir de telle façon.

– Elle vous déplaît ?

J'ai dû rougir à ce moment : tant de coquetterie dans cette voix. J'ai commencé à me demander où Florence voulait en venir. On ne devine pas tout du premier coup.

– Non, au contraire.

Florence se gonfla les poumons de cet air tiède, qui flânait sous les arbres. Elle était vraiment jolie et le corsage blanc à revers brodés qu'elle portait lui donnait un air de jeune fille.

– Oh! le printemps.

Puis elle me demanda tout de go, d'une voix presque indifférente :

– Vous venez à la maison? Je n'ai plus cours de la journée.

– Mélaine est à l'école?

– Elle ne rentre qu'à cinq heures.

– J'ai promis à Aude de l'attendre.

– Elle n'en mourra pas...?

– Non, hélas!

Je craignais peut-être de comprendre. Je me disais : nous allons boire un verre, discuter, passer des disques, alors que l'après-midi, c'était sûr, nous le passerions au lit.

La chambre de Florence est longue, avec un lit couvert d'un édredon blanc, une armoire à glace en acajou, un secrétaire et une chaise devant. J'ai tiré les rideaux. Une chambre, ce doit être sombre, chaud, clos, on ne doit pas avoir envie d'en sortir, je ne supporte pas la vue d'une chambre ensoleillée.

Florence s'est assise sur une chaise. J'ai mis les mains sur ses épaules, elle a posé un baiser sur le dos de ma main puis elle a tourné la tête. Je l'ai fait lever, j'ai baissé la fermeture éclair de sa robe et je me suis rappelé ma mère, quand je l'aidais à s'habiller, *Laurent viens attacher ma fermeture éclair,* elle a elle-même ôté son soutien-gorge, elle s'est enfouie sous les draps et j'ai vu au cambrement de ses reins qu'elle enlevait son slip. Je me suis couché sur les draps, mais elle les a rejetés au bout du lit.

Après, je me suis levé. Florence m'a demandé :

– Où vas-tu?

J'ai répondu :

– Pisser.

V

Les vacances approchaient. Je ne savais à quoi les occuper. J'avais envisagé un voyage vers les pays scandinaves, auquel je renonçai, faute de compagnon et de moyens. Florence nous invita, Aude et moi, à passer le mois d'août dans sa propriété, près de Biarritz. Les parents d'Aude se montraient sceptiques. Ils cédèrent seulement après que Florence et moi leur eûmes fait deux ou trois visites. Je l'ai déjà dit : les R. avaient une grande confiance en moi, et ils ignoraient qu'Aude et moi sortions ensemble.

J'ai eu mon bac. Nous partîmes fin juillet. Florence conduisait. Aude était à son côté. Mélaine ne lâchait pas ma main. Elle avait les joues rouges et les yeux brillants. Il faisait lourd.

La villa était blanche, et son architecture étriquée. Aude et Mélaine dormaient dans la même chambre. La mienne était étroite, fraîche la nuit, décorée avec goût.

Le soir, nous dînâmes en ville.

Aude est une fille d'automne, ou d'hiver. Sa fête tombe le 18 novembre, et son anniversaire le 14 décembre. Ce sont des signes qui ne trompent pas. Elle porte très mal l'été. Elle rougit facilement au soleil, et ne bronze pas. En maillot, elle paraît courte sur pattes et un peu lourde des hanches.

Il était dix heures du matin. Florence lisait *Of Human Bondage,* en anglais. Elle était affalée sur la chaise longue, à l'ombre du parasol. Aude et Mélaine jouaient dans le sable, sans conviction. Soudain, Aude accourut vers moi. Elle s'assit et me dit à l'oreille :

– Il est encore là.

Je tournai la tête et aperçus, assis sur le sable, le regard lointain, ce même garçon blond au teint pâle et aux mains de fille, qui paraissait avoir quinze ans. Dès qu'il se sut épié, il se leva et s'éloigna, d'une démarche indécise. Apparemment, il attendait qu'on le rejoigne. Depuis bientôt une semaine, c'était le même manège. Je décidai d'y mettre fin.

Je me levai et le suivis. Mélaine me fit signe de revenir. Aude souriait; elle relevait le défi. Ce jeune garçon un peu trop beau lui plaisait, je n'en doutais plus, mais mon sale orgueil voulait que je la pousse vers lui, ou lui vers elle, afin de montrer mon *détachement souverain.*

Le garçon ralentissait le pas. J'arrivais à sa

hauteur quand il se tourna vers moi et dit d'une voix préparée :

– Je m'appelle Florent.

Je ne répondis pas. Il était vraiment beau.

– Tu viens nager?

J'acquiesçai. Je fis un grand geste aux deux filles pour qu'elles viennent nous rejoindre. Aude voulut se lever, mais Mélaine la retint par la main. Je les vis échanger quelques mots. Aude se rassit avec une apparente mauvaise humeur. Florence lui dit quelque chose, mais elle fit non de la tête.

L'eau était tiède. Il y avait peu de vagues. Florent nageait mal. Il ne plongeait pas la tête sous l'eau, se gardait même de mouiller ses cheveux. Il respirait en grimaçant. Au bout de quelques minutes, il grelottait. Je lui proposai de revenir sur le rivage.

Je présentai Florent. Mélaine ne lui tendit même pas la main. Elle se contenta d'un bonjour sec, et visiblement hostile, qui désarçonna le garçon, mais l'amabilité mielleuse d'Aude lui fit bientôt reprendre des couleurs.

– Laurent... Viens.

Le timbre autoritaire et pourtant suppliant de la voix de Mélaine, quand elle m'appelait. Je laissai Florent en de bonnes mains, celles d'Aude, et suivis la petite fille.

– J'aimerais savoir pourquoi tu es allé chercher ce garçon?...

Je n'ai rien répondu. Au fond, cette situation m'amusait.

– Tu ne te plais pas avec nous ? On s'amuse bien ensemble, non ?

– Il s'ennuie peut-être. Aude aussi s'ennuie. Regarde comme il est beau. Aude le dévore des yeux. Elle n'en fera qu'une bouchée.

– Je n'aime pas Aude.

– Elle est gentille pourtant.

– Tu l'aimes, toi ?

Je ris. Je pliai les jarrets et pris la tête de Mélaine dans mes mains. Son visage s'illumina et devint d'une parfaite beauté. J'hésitai quelques secondes.

– Je l'aime, oui.

– Plus que moi ?

Comment ne pas avoir envie de mentir à des yeux si brillants et si tristes, soudain ? Je dis, un peu trop pompeusement mais pouvait-elle s'en apercevoir :

– Je n'aimerai jamais personne plus que toi.

– C'est vrai ?

– Je te le jure.

Nous sommes revenus auprès des autres. Aude causait avec Florent, rencontrant d'insurmontables difficultés pour lui tirer quelques mots. Il baissait la tête et s'exprimait par monosyllabes. Florence levait de temps à autre les yeux de son livre, souriait au hasard et reprenait sa lecture, muette, sans même un soupir d'ennui.

Un silence se prolongea. Florent crut sans doute en être la cause. Il se leva précipitamment et salua à la ronde. Aude voulut le retenir, mais il s'enfuit sans vouloir rien entendre. Il promit de revenir le lendemain.

Il revint, chaque jour désormais. Nous apprîmes qu'il passait ses vacances à Biarritz avec sa grand-mère, vivait à Paris. Il parlait peu, évitait de vous regarder dans les yeux. Aude ne le disait pas, mais elle en était amoureuse. On le voyait sur son visage.

Le surlendemain, je crois, alors qu'Aude et Mélaine faisaient des courses en ville, nous nous retrouvâmes seuls, tous deux. La perspective d'un tel tête-à-tête ne m'enchantait guère. Le ton réservé, l'attitude guindée, la timidité même de Florent me gênaient. Je ne savais jamais que lui dire, ni sur quel ton le dire.

Il m'invita à boire un chocolat, sur une longue terrasse ombragée, qu'égayait la présence d'un tout petit orchestre.

– J'aime Mélaine.

– Pardon?

– Je suis amoureux de Mélaine.

Ma première réaction fut de dire :

– Mais elle n'a que dix ans...

Alors que moi aussi je l'aimais, et pour cette raison, justement.

– En quoi cela peut-il m'empêcher de l'aimer?

Je me suis contenté d'un vague :

– Pourquoi me dis-tu cela?

– Je n'ai personne d'autre à qui le dire.

Le chocolat presque trop crémeux me rappelait l'automne, les lèvres d'Aude contre les miennes, et son petit visage ruisselant sous la pluie.

– C'est drôle pour moi, dit Florent, les yeux dans le vide. Ça ne m'était jamais arrivé. Je n'y pensais même pas.

L'orchestre commença à jouer. Nous écoutâmes le premier morceau sans parler.

– Le guitariste joue faux, dit Florent.

– Tu as l'oreille fine.

– Je joue du piano.

La terrasse se remplissait peu à peu, surtout de vieilles dames grises et de vieux messieurs aux regards éteints qui sirotaient leur thé, l'air absent.

– Nous venons souvent ici, avec ma grand-mère, dit Florent.

Il salua d'un sourire et d'un hochement de tête quelques personnes.

– Tu les connais?

– Ce sont des amies de ma grand-mère.

– Tu l'aimes bien?

– Qui? Ma grand-mère? Bien sûr.

Il porta lentement la tasse à sa bouche. Il émanait de lui un charme suranné, noble, mais poussiéreux.

– Tu pourrais parler à Mélaine ?

– Il vaut mieux que ce soit toi qui le fasses.

Il secoua la tête.

– Elle ne m'écoutera jamais.

– Qu'est-ce que tu en sais, après tout ?

Ce n'était pas un sourire, tout juste un tremblement dérisoire et plaintif.

– Moi lui parler ? Elle m'évite tout le temps, et puis elle ne comprendra pas.

Je voulus plaisanter :

– S'il est une chose qu'elle comprenne, c'est bien celle-là.

Il se balançait sur sa chaise, songeur, sans m'écouter.

– Et puis, je n'ose pas.

Il m'agaçait. Avec une petite fille, le jeu est simple. Mélaine, il faut la faire rire, jouer à ses jeux, faire l'enfant. Quand tu cesses de lui faire peur, elle tombe dans tes filets. Mais Florent ne savait pas rire, ni jouer. Encore moins tendre des filets.

Il vida sa tasse, jeta un coup d'œil sur le ticket qu'avait laissé le garçon et paya.

– On s'en va ?

Je savais qu'au fond il désirait rester sur cette terrasse, écouter le guitariste jouer faux et se régaler de cette débauche de vieillesse, mais l'immobilité me pesait. Je me suis levé, il m'a suivi à regret.

– Il joue de plus en plus faux.

– Qui ?

– Le guitariste.

Il rit; il riait mal. Ses lèvres se crispaient. Il serrait les dents.

Nous fîmes quelques pas sur la baie.

– Alors, tu lui parleras?

– Ça ne marchera pas, fais-le toi-même.

Sa façon d'éviter les regards qui se posaient sur lui me frappait, surtout les regards de filles. Il fixait le lointain, raide. Il glissa son bras sous le mien. Ce geste d'intimité me surprit, mais il l'accomplit avec une telle grâce et un tel naturel que je ne m'écartai pas.

– Mais qu'est-ce que tu attends d'elle? En quoi ça t'avancera?

– Je veux... Je veux qu'elle m'aime. Je veux un baiser d'elle.

– C'est tout? demandai-je avec une certaine fatuité.

– Je veux tenir sa main, caresser son visage.

Il toucha ma main, et caressa mon visage.

Nous nous assîmes sur un banc, au milieu d'un jardinet sur un gros rocher, devant la mer.

– Je veux mettre un baiser sur ses lèvres.

Un souffle chaud glissa sur mes lèvres, j'avais fermé les yeux.

– Elle te le donnera.

– Non, jamais.

Je l'attirai contre moi. Je me rappelai Xavier et le jeune Anglais qui n'avait sans doute jamais existé.

– Tu peux en être sûr.

Des rires sonnèrent dans le lointain. J'ai vu un groupe de jeunes gens, sur la baie. Ils nous regardaient.

– Il y a des gens qui nous regardent, dis-je.

– Qu'est-ce que ça fait ?

– Rien.

Il est resté longtemps sur mon épaule, à dire des mots au hasard, pour tester le silence. Parfois, il laissait partir quelques larmes. La nuit tombait.

– Ta grand-mère ne t'attend pas ?

– Je lui ai dit que je rentrerai tard.

– Il va bientôt falloir que je parte.

– Je parlerai à Mélaine demain, décida-t-il d'une voix pourtant peu décidée.

– Ne lui parle pas, elle déteste écouter. Joue à ses jeux, fais-la rire, elle s'abandonnera à un moment ou à un autre. Parler, ça ne sert à rien.

Je revins à la villa. Un télégramme de mon père m'y attendait, rédigé de cette façon : *Ta mère partie Viens de suite Papa.* Il y avait un train pour Paris le soir même. Dans une valise de toile j'emportai les affaires nécessaires pour quelques jours et Florence me conduisit à la gare.

Sa première expression fut un sourire. Il me laissa le passage. Je posai ma valise dans le vestibule et accrochai ma veste sur l'une des deux patères qui bordaient la glace. Mon père était en pyjama, j'ignore pourquoi mais ce détail insignifiant – il était neuf heures du matin – me frappa.

– Tu n'étais pas levé ?

– Je lisais au lit.

– Quoi ? demandai-je machinalement.

– *Caroline chérie.*

Mon père a toujours eu beaucoup d'ordre. Il avait fait la vaisselle, peut-être le ménage, en tout cas la maison était propre, et chaque chose à sa place.

– Je te fais du café ?

– S'il te plaît.

Il a pris une casserole sur les étagères et l'a remplie d'eau.

– Tu as fait bon voyage ?

– Assez, oui. Je vais déballer mes affaires.

Quand je suis revenu, le café fumait dans les tasses. Mon père beurrait une tartine. Je me suis assis.

– Tu veux une tartine ?

– Non, merci.

Un silence. Je demandai :

– Quand est-elle partie ?

Il a trempé une tartine dans son café.

– Il y a trois jours. Au début, j'ai cru que ce n'était pas sérieux. Mais j'ai l'impression que ça l'est.

J'ai bu une gorgée de café. J'ai reposé la tasse et j'ai soufflé dessus. Puis j'ai demandé :

– Elle n'a rien laissé ?

– Quelque chose pour toi?

– Non, je ne sais pas, une lettre, des explications...

Je crois qu'il était au bord des larmes.

– Nous parlerons de tout cela tout à l'heure, dis-je. Après tout, je ne suis pas pressé.

J'ai vidé ma tasse de café et je me suis posté devant la fenêtre.

– Quel beau temps!

– Une belle journée en perspective, appuya mon père.

Il beurrait une autre tartine. Le beurre sortait juste du réfrigérateur et s'étalait difficilement sur le pain.

– Tu veux faire ta toilette?

J'ai hoché la tête.

Jusqu'à midi, nous nous sommes plus ou moins évités. J'ai fait une toilette sommaire, j'ai passé quelques disques, j'ai lu des lettres qui m'étaient entre-temps arrivées. Il y en avait une de Laure, d'Angleterre, elle écrivait : *aucun été ne valut le nôtre,* sans t à valut et sans accent circonflexe sur le o de nôtre. On voit que je ne suis plus là pour lui faire faire des dictées.

Vers onze heures, je me suis proposé pour faire les courses.

– Achète-moi aussi le journal.

Cette voix un peu bourrue, avec une nuance de timidité et de gentillesse, me prenait par la main, et me ramenait à l'enfance sans que je puisse esquisser un mouvement de recul.

Il faisait chaud maintenant. Deux gamins à bicyclette erraient dans la cour. L'ombre était rare.

Je revins une dizaine de minutes plus tard, avec un kilo de bananes, des cerises, quatre côtelettes de mouton, des radis, une bouteille de vin, deux baguettes de pain, et *France-Soir*.

– Tu comptes rester ici ? demandai-je en déballant tout ça sur la table de la salle à manger.

Papa se rasait dans la salle de bains, et le grésillement du rasoir électrique l'empêcha d'entendre ma question. Je la reposai au déjeuner, mais elle tombait tout aussi mal. Papa mâchait un morceau de pain et surveillait d'un œil la cuisson des côtelettes. La fenêtre était grande ouverte.

– Pardon ?

– Qu'est-ce que tu comptes faire cet été ?

Les côtelettes étaient cuites. Je me suis assis devant mon assiette.

– J'ai téléphoné à une agence pour me renseigner, je vais louer une petite maison, en Normandie.

– Pour l'été ?

– Je verrai, peut-être que j'y resterai aussi l'automne. C'est selon le temps qu'il fera.

J'ai versé de la bière dans son verre et dans le mien. Il ne restait qu'une canette dans le frigo.

– Qu'a-t-elle dit en partant ?

– Ta mère ?

Il a rougi. Il donnait l'impression d'être pris en faute. Il baissait la tête, comme un fuyard.

– Elle a dit qu'elle me quittait, simplement.

– Elle n'a pas donné de raisons ? Elle n'a pas dit avec qui, et pourquoi elle partait ?

Il resta la fourchette en l'air, sans oser finir sa viande.

– Elle a seulement dit qu'elle partait. Qu'elle ne voulait plus vivre ici.

– C'est tout ?

– Oui.

– Elle n'a rien dit d'autre ?

– Non, je ne crois pas.

En mangeant les pâtes, nous n'avons rien dit. Il m'a demandé de lui passer la sauce tomate, c'est tout.

– Tu veux un fruit ?

– Une orange.

J'ai pelé l'orange, sans me presser.

– Tu n'as pas essayé de la... retenir ?

Le terme m'échappa. Je voyais mal mon père barrant le passage à ma mère, en lui criant : *non tu ne partiras pas*, comme dans les films.

– Il n'y avait rien à faire. Elle était décidée à partir.

– Elle a donné des raisons ? Non ? aucune ?

Il a secoué la tête, plusieurs fois.

– Ses raisons sont les mêmes depuis vingt ans. Rien n'allait plus mal, ni mieux.

De nouveau, sa voix hésita, mais il poursuivit :

– Elle a trouvé quelqu'un avec qui partir, c'est tout.

J'ai débarrassé la table en un tournemain. Mon père ne bougeait pas. Il ramenait les miettes de pain en petits tas autour de son assiette.

– Elle ne reviendra pas, alors ?

– Il y a peu de chances.

Il a jeté un coup d'œil sur le cadran de sa montre.

– On va au cinéma ?

Il s'est levé et a ouvert le journal qui traînait, déplié, sur le fauteuil. Il a dit le titre du film.

– On fait une partie d'échecs, d'abord ?

Je ne laisse pas les gens gagner, mais ce jour-là, je fis une exception. Papa m'y poussa un peu, par son jeu serré et précis. Quand je m'acharnais, je perdais vite mon fair play, aussi laissais-je prendre mes principales pièces, sans trop de rogne.

– Il est temps d'y aller.

C'était le même cinéma que celui où j'avais mené Aude, le premier soir. Nous en sommes sortis à quatre heures et demie, aussi muets l'un que l'autre sur le film.

– Tu pars quand ?

J'ai joué au grand seigneur.

– Quand tu voudras.

La façon qu'il avait de marcher à mon allure me peinait. Je le voyais s'essouffler. Je ralentissais. Il accélérait le pas, par bravade. Pourtant, je ne devais pas avoir pitié. C'était mon père.

– Tu dois te demander pourquoi je t'ai fait venir, non?

Je fis non de la tête.

– Hier j'ai téléphoné à l'agence. Je pars dans deux jours. Je suis navré de t'avoir fait venir pour rien.

– Pourquoi ne me l'as-tu pas dit tout de suite?

– J'ai oublié.

Un sourire presque naturel bordait ses lèvres. Il poursuivit :

– Quand ta mère est partie, j'avais besoin de parler, de trouver quelqu'un à qui parler. Et puis aujourd'hui, j'ai comme une envie de silence, de calme, ça peut te paraître idiot...

Il fourra les mains dans les poches de son pantalon. Il était en veste, et en veste, je ne l'avais jamais vu faire ce geste.

– Et puis je t'ai fait venir aussi pour parler de toi, de ton avenir. Qu'est-ce que tu veux faire?

Je fus tenté de répondre *rien*, comme j'avais tant de fois entendu Xavier le faire, mais je repoussai l'échéance et dis au hasard :

– Médecine.

– C'est long, non?

– Je trouverai un boulot à côté.

Chaque appartement a son odeur, celle du nôtre varie avec chaque saison, comme toutes les autres, et, indépendamment de la saison, elle inspire le bien-être. Au moment où j'écris, qu'il fait presque nuit et que dehors il pleut, c'est l'odeur du chauffage, elle enveloppe les choses, feutre les bruits. Elle est douce.

– Je suis à la retraite depuis dix jours, dit mon père.

Il ajouta en ricanant :

– Ta mère ne supportait pas l'idée d'avoir un mari à la retraite.

Il ôta sa veste et la pendit à un cintre.

– Elle a même laissé la moitié de ses robes. Pourtant, tu sais comme elle y tenait, à ses robes.

Je revoyais ma mère se pavanant devant les glaces, le sourire aux lèvres.

– Elle te plaît ma nouvelle robe, Laurent?

– Très jolie, très jolie.

Tu parles si je m'en foutais.

– Elle a laissé presque toutes ses robes.

Elles se tenaient, raides, tristes, dans la penderie. Mon père laissa glisser sa main sur elles.

– Elle avait beaucoup de goût, ta mère.

– Je sais.

Elle choisissait elle-même mes tricots, mes pantalons. Acheter un vêtement sans l'avoir auparavant consultée, c'était l'offenser. Elle ne supportait pas de se montrer en notre compagnie si notre tenue lui déplaisait, si elle y voyait une faute de goût. Je me rappelle qu'enfant, ces sorties prenaient la forme d'un supplice.

– Tu te rappelles quand il fallait s'habiller, le

dimanche, pour voir la famille? Ça finissait toujours par un drame.

Nous nous sourîmes. Nous nous retrouvions complices, enfin.

Un peu plus tard, devant la télé.

– Au fait, tu fréquentes?

– Je suis avec Aude.

– C'est sérieux?

– Non, pas très.

– Ça vaut mieux.

On a dîné à sept heures. A la fin du repas, j'ai fait chauffer de l'eau pour le café. Il faisait encore jour. Les rues étaient désertes. La petite brise qui avait accompagné la journée ne soufflait plus. Il y avait des miettes sur la toile cirée.

– Tu l'as vue, la maison?

– Non, mais c'est une bonne agence. Et puis il ne restait plus grand-chose, c'est les vacances.

Il s'est levé pour allumer la lumière. Il est demeuré un instant immobile, les yeux perdus, comme quelqu'un qui ne sait plus où aller. Il a posé une main sur le buffet. J'ai cru qu'il allait tomber, il était très pâle. Mais il est revenu s'asseoir.

– Tu restes, demain?

– Je peux rester jusqu'à ton départ, si tu veux.

– Je suis désolé d'avoir gâché tes vacances.

– Tu n'as rien gâché. Et puis ce ne sont pas de bonnes vacances.

– Je croyais pourtant que tu t'amusais bien.

J'avais quitté Aude et Mélaine à peu près réconciliées, Florence chaque jour plus étrangère, et peut-être étais-je venu à Paris dans le seul et fol espoir de revoir Xavier, même en songe.

– Je suis comme toi : je ne m'amuse bien nulle part.

Nous avons regardé le film à la télévision, sur la première chaîne. A la moitié, mon père s'est endormi. Je suis allé jusqu'au bout, par lassitude, et puis j'avais peur de ne pas trouver le sommeil. Je me suis couché à onze heures. Il est arrivé ce que j'appréhendais : sitôt plongé dans l'obscurité, je me suis mis à pleurer.

Le lendemain, je me suis levé tard. J'ai lu au lit, *Les Chiens de paille,* que j'ai fini. Mon père a préparé le petit déjeuner. En vacances et les dimanches, c'est son occupation favorite. Quand je pense à lui, je le revois assis à la table de la salle à manger, en train de couper le pain.

– Une autre tartine?

Je me souviens des tartines grillées, avec le beurre qui fondait dessus aussitôt étalé, et le goût du café au lait.

– Tu peux venir avec moi, si tu veux.

– Je vais rester à Biarritz. Je passerai peut-être te voir cet automne, si tu y es toujours.

– Au fait, j'ai décidé de me mettre à peindre. J'ai lu dans un article que...

Il me montra l'article. Une jeune prodige de soixante-cinq ans faisait sa première exposition.

– Rien n'est perdu, dit mon père.

L'après-midi, nous sommes allés acheter le matériel nécessaire, une dizaine de toiles, plusieurs tubes de chaque couleur, de gros flacons d'huile de lin et de térébenthine, une bonne vingtaine de pinceaux.

– Je les enverrai à part, me précisa-t-il, comme nous sortions du magasin, les bras encombrés d'immenses paquets.

Le jour du départ, dès le matin, il a fait gris et une chaleur poisseuse collait aux paumes. Le train était à neuf heures. Nous nous sommes levés tôt. Nous n'échangeâmes pas une parole.

La gare Saint-Lazare était bondée, de banlieusards pour la plupart. Mon père a tout de suite repéré la voie. Nous sommes entrés dans le café. Le train partait dans trois quarts d'heure. J'aime les cafés le matin, avec tous ces gens qui passent en coup de vent, racontant leur vie sans que personne n'écoute, et repartent, dans l'indifférence générale.

– Qu'est-ce que tu prends?

– Hein?

A quinze ans, j'aurais dit : *deux.*

– Tu prends quoi ?

– Un café.

– Alors deux cafés, dis-je au garçon, qui s'éloigna.

– En fait, je n'ai jamais appris à peindre, reprit mon père. Je dessinais un peu quand j'avais ton âge. Je dessine plutôt mal, mais ça me plaît, et il faut que je m'occupe, c'est mauvais de rester sans rien faire.

– Maman le savait ?

– Oui, vaguement, elle s'en fichait.

Le garçon apporta les cafés, mon père paya tout de suite.

– Elle se fichait de tout ce que je faisais, dit-il en empochant sa monnaie.

– Alors pourquoi l'as-tu épousée, bon sang ?

– Je connaissais ses parents. Il y avait eu une histoire avec quelqu'un avant moi, enfin une déception, tu vois. Elle avait presque trente ans. Je gagnais bien ma vie, j'étais d'un assez bon milieu, il n'en faut pas plus pour décider une femme, même belle, quand elle a peur de rester vieille fille.

Le café refroidissait dans la tasse.

– Au fond, je ne regrette pas, il y a toi, et puis nous avons quand même eu de bons moments. Elle ne m'aimait pas, j'essayais de faire de mon mieux, mais elle ne m'aimait pas. C'est comme ça.

Il a presque essayé de rire.

– Maintenant tu es tranquille, dis-je pour le réconforter.

– Oui, je suis tranquille.

Mais il ne parut pas réconforté.

Florent, aux dires des filles, ne se montra pas pendant mon absence. Le lendemain de mon retour, il était trois heures de l'après-midi, nous descendions à la plage, Florent nous attendait. Aude accéléra le pas, soudain très pâle. Mélaine s'appliqua à marcher le plus près de moi possible, tant et si bien qu'elle finit pas trébucher. Elle nourrissait pour Florent un mépris mêlé d'effroi. Mépris dû aux piètres qualités athlétiques du garçon, effroi dû à sa beauté.

Nous nous allongeâmes sur le sable. Aude proposa une promenade à Florent, qui refusa. Son indifférence envers Aude m'amusait. Tout ce qui me passionnait en Aude le rebutait, à savoir son intelligence, sa force de caractère, sa beauté, son orgueil. Surtout son orgueil.

Je me suis endormi. C'est idiot et cela peut paraître facile comme procédé, mais je me suis vraiment endormi. J'avais un peu trop mangé, il faisait bon, la plage était à peu près silencieuse. Quand je me suis réveillé, Mélaine seule était à mon côté. Elle plongeait les mains dans le sable et en jetait des poignées vers le large. Elle paraissait attendre mon réveil.

– Où sont-ils ?

Elle n'a pas entendu. Elle est venue se blottir contre moi.

– Il a essayé de m'embrasser.

– Qui?

– Florent, tiens!

– Et alors?

– Alors je l'ai giflé.

Elle a ri, pas moi.

– Qu'est-ce qu'il a dit?

Elle s'est dressée sur les coudes et j'ai vu ses yeux briller. Elle a répété :

– Il m'a fait des excuses. Il m'a fait de vraies excuses. Il était tout rouge.

– Et toi, qu'est-ce que tu lui as dit?

– J'ai dit que je t'aime toi, voilà tout. Tu viens te baigner?

– Et Aude, où est-elle?

– Avec lui.

Elle s'est levée. Elle a secoué la tête et a démêlé ses longs cheveux.

– Ils sont pleins de sable.

– Comment ça, avec lui?

– Quand nous sommes revenus, Florent pleurait. C'est moche un garçon qui pleure. Moche, moche, moche. Aude est partie avec lui. Toi tu dormais, je n'ai pas voulu te réveiller.

– Ils sont partis depuis longtemps?

Elle m'a tendu la main pour m'aider à me lever. Elle a tiré trop fort et elle a perdu l'équilibre. Elle riait. Je l'ai prise dans mes bras. Elle attacha ses bras à mon cou. Je la portai ainsi jusqu'à ce que j'aie de l'eau jusqu'aux genoux, puis je la laissai tomber au creux d'une vague. J'avais un peu la nausée. Nous nagions sous l'eau, elle était très sombre, et nous n'arrivions à nous voir que très près l'un de l'autre.

Nous avons nagé une dizaine de minutes. Ensuite nous avons regagné nos serviettes et nous nous sommes étendus sur le sable. Le sable était tiède à travers les serviettes.

– Ils n'ont pas dit quand ils reviendraient ?

– Ils n'ont rien dit.

Elle a posé sa main sur la mienne.

– Tu t'ennuies ?

Elle sourit et dit :

– De toute façon, ils ne vont plus tarder.

J'ai serré sa main fort dans la mienne, jusqu'à lui faire mal, mais elle n'avait pas mal.

– Comment s'y est-il pris pour t'embrasser ?

– Il ne m'a pas embrassée !

Elle avait haussé le ton, véhémente.

– Disons comment te l'a-t-il demandé ?

Elle a posé sa tête sur ma poitrine, pour que je lui caresse la nuque. C'était celle de mes caresses qu'elle aimait entre toutes.

– Il m'a dit que j'étais belle.

– C'est tout ?

Elle s'est assise en tailleur.

– Il m'a dit qu'il m'aimait. J'ai dit : qu'est-ce que tu veux que ça me fasse ?

– Quelle tête il a fait ?

– Je n'ai pas regardé.

Il devait être cinq heures. Les baigneurs se multipliaient, les ballons voltigeaient d'un bout à l'autre de la plage, poursuivis par des volleyeurs maladroits.

– Il a quand même essayé ?

– Oui, il m'a dit : je voudrais t'embrasser. Je n'ai rien répondu. J'ai eu peur.

– Ensuite ?

Son visage s'est illuminé. Sa voix riait.

– Il s'est approché. J'ai attendu qu'il soit bien près, et je l'ai giflé, tu aurais vu cette gifle, je ne crois pas avoir jamais giflé un garçon aussi fort.

– Ce n'est pas très gentil.

– Et alors ?

Je me suis assis comme elle, si près que je touchais presque son visage. Un ballon multicolore a roulé à nos pieds. Mélaine a donné un coup de pied au hasard. Le ballon s'est envolé vers la mer.

– Il doit être malheureux, tu sais.

– Tu voulais que je me laisse faire, peut-être ?

Elle se leva. Cette réaction de jeune fille me surprit. Elle s'éloigna d'une dizaine de mètres. Elle attendit un moment. Elle me tournait le dos. Je suis resté assis, attentif à ses moindres gestes. Elle est revenue, comme à contrecœur, la lippe boudeuse.

– On rentre ?

– Il est encore tôt.

Elle a roulé sa serviette.

– J'ai envie de rentrer. Tu veux rester?

– Qu'est-ce qu'on va faire à la maison?

Elle haussa les épaules.

Aude rentra une heure après nous. Elle aida Florence à mettre la table. Le repas fut silencieux. Florence ne comprenait pas, sans doute, l'hostilité qui sourdait entre les deux filles. Elle me souriait.

Mélaine se coucha à neuf heures. J'accompagnai Aude pour une promenade nocturne. Il faisait frais. Aude alluma une cigarette. Le bout rouge de sa cigarette brillait dans la nuit.

Nous ne nous dîmes pas un mot, et la promenade dura près d'une demi-heure. Nous nous sommes seulement dit bonne nuit, comme tous les soirs, mais sans nous embrasser. J'ai eu du mal à m'endormir.

Je me suis levé tard. Les deux filles étaient déjà parties. J'appris plus tard, par Aude, que Florence leur avait interdit de me réveiller. Je pris mon petit déjeuner dans la cuisine. Florence s'est assise face à moi. Elle m'a souri.

– Il y a quelque chose qui ne va pas?

J'ai bu une gorgée de lait.

– Tu n'en as pas assez de ces gamines?

– Je suis malheureux sans elles.

– Ce n'est pas sérieux. Tu as dix-huit ans, quand même.

– Oui, ma chérie.

– Tu te perds.

– Ne prenons pas ça au tragique.

– D'autant que nous avons toute la matinée devant nous.

Nous fîmes l'amour sur son lit qui, lui, n'avait pas été fait.

Les filles sont rentrées à midi. Mélaine m'a traité de paresseux, Aude m'entourait d'attentions.

Nous ne vîmes pas Florent les jours qui suivirent et personne n'en parla. L'atmosphère se relâchait. Mélaine avait fait la conquête d'un petit garçon pâlot qui lui faisait une cour assidue, n'y gagnant que des promesses moqueuses et de faux rendez-vous. Pour nager, il s'aidait d'une bouée énorme, devenue la proie de toutes les railleries de Mélaine. Autour de la petite fille se formait une cour d'une dizaine de garçons et de filles qui lui obéissaient au doigt et à l'œil. Elle s'amusait comme une petite folle, et en oubliait son amour pour moi, ce qui, dans une certaine mesure, me décevait.

Une semaine après la tentative manquée de Florent, je descendis très tôt à la plage. Un baigneur solitaire hésitait, les pieds dans l'eau. Je m'assis à une terrasse déserte. Le garçon, les yeux bouffis, la mine défraîchie, s'approcha d'un pas mal assuré, et s'inclina.

– Un thé, avec deux croissants.

Je devais être le premier client.

Soudain, la silhouette blonde de Florent apparut, se découpant sur le ciel très clair, à dix mètres de moi. Je l'appelai. Il se retourna, marqua un moment d'hésitation, puis vint s'asseoir à ma table. Il paraissait très gêné.

– Comment vas-tu? Tu as déjeuné?

Il hocha la tête.

Il y eut un assez long silence, au cours duquel le serveur m'apporta le thé et les deux croissants.

– Aude va bien?

– Elle se demande ce que tu fabriques. On ne te voit plus.

– Et Mélaine?

Je levai les yeux. Il devina le reste à mon regard et n'attendit pas de réponse.

– Tu leur diras au revoir de ma part. Je m'en vais aujourd'hui.

– Où ça?

– Je rentre à Paris.

– Déjà?

– Le train est à neuf heures. Je suis descendu faire une dernière promenade.

Je trempai mon croissant dans le thé et mordis dans la pâte juteuse avec délectation.

– Tu diras au revoir à Mélaine.

– Compte sur moi.

– Je dois m'en aller.

– Mais non... Reste encore un peu.

– Ma grand-mère m'attend. Dis au revoir à Mélaine pour moi.

– Tu es pâle... Je suis sûr que pendant toutes

ces journées tu es resté dans ta chambre. Je me trompe ? Qu'est-ce qu'il y a eu entre Aude et toi ?

Il n'a pas répondu. Il a dit seulement :

– Aude t'aime bien, Laurent.

Je me suis levé en même temps que lui et je l'ai pris par les épaules. Il a posé sa tête sur ma poitrine. J'ai caressé ses cheveux d'or et j'ai murmuré, tout contre son oreille :

– Tu l'as embrassée ?

Il a levé la tête.

– Oui.

– C'est tout ?

– Je dois partir.

– Vous avez fait l'amour ?

Il pleurait.

– C'est vrai ? Vous l'avez fait ?

– Oui.

– Dans ta chambre ?

Il hocha doucement la tête.

– Je ne t'en veux pas, dis-je. Pas du tout.

– Je dois m'en aller.

Il a couru, je n'ai pas cherché à le suivre. Tout en courant, il s'est retourné et m'a crié :

– Dis à Mélaine que je l'aime.

Le serveur nous a regardés l'un après l'autre, ahuri. Florent a disparu.

Nous ne le revîmes pas.

Je suis remonté à la villa et j'ai fait l'amour avec Aude. C'est ce jour-là que Mélaine nous surprit.

VI

J'ai longuement hésité entre Mozart, Vivaldi, et Beethoven, mais pour une rupture mieux valait Beethoven. C'était un 3 septembre assez gris, mais vers le soir il y eut quelques éclaircies.

La veille, nous étions revenus de Biarritz, après un voyage qui se montra plus éprouvant pour les nerfs que nous ne l'eussions d'abord cru, Florence et moi. Mélaine se murait dans un silence hargneux. Aude, qui avait mal pris les reproches de Florence, répondait du bout des lèvres lorsque nous nous hasardions à lui adresser la parole. Nous sommes arrivés à Paris vers dix heures du soir. J'ai serré la main de Florence. J'ai embrassé Aude et Mélaine sur les joues. La nuit était claire, l'air moite. Je n'avais pas sommeil. J'ai rangé mes affaires et j'ai pris une douche. J'avais donné rendez-vous à Aude chez moi pour le lendemain, deux heures.

J'avais, la matinée durant, épousseté les meubles de l'appartement, passé l'aspirateur et mis de l'ordre dans mes papiers. J'ai changé les draps de mon lit.

J'écoutais l'*Appassionnata* et la trouvais belle bien sûr, mais le retard d'Aude me la gâchait. Deux heures dix, j'ai ouvert un livre, j'ai lu quelques lignes. On sonna.

Aude n'était pas en beauté. Cela me facilitait grandement la tâche. J'ignore pourquoi, je lui ai souri, un large sourire très certainement idiot, que j'ai regretté aussitôt. Aude demeura un instant sur le paillasson, elle se tenait raide, la tête en arrière, comme si l'odeur de l'appartement l'indisposait.

– Entre.

Elle n'a rien dit d'abord. Elle s'est un peu approchée. Elle devait avoir préparé sa phrase, car elle l'a dite d'un trait, sans souffler, sans me regarder, comme on dit une récitation.

– Je suis venue pour te dire qu'il est inutile de nous revoir.

J'attendais en effet une rupture de sa part, aussi pensais-je avoir pris les devants, mais elle me coupait l'herbe sous le pied, la vache. J'ai hésité une seconde entre deux solutions : le rire ou la colère. Les larmes, il n'en était pas question. Je choisis la deuxième solution, le rire produisant rarement l'effet escompté.

Je l'ai prise par le bras et je l'ai entraînée vers l'intérieur. Au début, elle a fait quelques mouvements pour résister, mais elle s'est vite laissée aller. Je la poussai dans ma chambre, y entrai et fermai la porte derrière nous, précaution inutile puisqu'il n'y avait personne dans l'appartement, que nous. Bien sûr, j'ai renoncé à mettre de la musique.

Aude était pâle et tremblait. Je le vis au geste qu'elle fit pour allumer sa cigarette.

– Je ne vais pas te tuer, tu sais. Ni même te violer.

Elle a essayé de sourire, mais il en a résulté une grimace fébrile, qui l'enlaidissait.

Il faisait sombre dans la chambre.

– Tu es belle, Aude. Belle et délicieusement vide. Tu étais un signe, un symbole, une suite à mon adolescence. Mais elle est finie, l'adolescence. Je l'ai jetée. Je ne sais plus quand. Il me reste une petite peur, mais j'ai sauté le pas. Tu me rappelais Xavier, ces beaux jeudis. Xavier et Sandra, et toutes les choses qui ont fait ma souffrance continuelle. J'en ai marre. Aujourd'hui j'en ai assez. Alors adieu.

Le texte – un peu trop littéraire – que j'avais préparé me revenait par bribes à l'esprit, et j'en usais de mon mieux.

– ... Il n'y a pas eu de passion. Nous vivions sur des hypothèses, sur un passé qui croulait, qui croule. J'ai envie de passion. C'est la seule issue. Sinon, nous ne leur résisterons jamais...

– A qui?

– Aux autres.

J'avais préparé un sourire spécial pour dire la

suite, mais le changeai, et le fis cynique et un peu triste. Je crois qu'Aude a aimé.

– Je pensais te faire de la peine, c'est raté, au fond j'en suis heureux. Je n'aime pas faire de la peine, je souffre deux fois plus que les gens que je fais souffrir...

C'était une phrase de Xavier, et Aude le savait.

Je n'osai pas me servir du grand geste théâtral que j'avais répété une bonne dizaine de minutes, ce matin, devant l'armoire à glace, et dis simplement :

– Tu peux t'en aller, maintenant.

Elle a ajouté, après un coup d'œil circulaire sur les murs de ma chambre :

– J'aimais bien ta chambre.

Puis, avec un sourire dont l'ironie me blessa :

– Enfin, tu resteras toujours mon grand jeune homme triste.

– Xavier était plus grand que moi...

– Et plus triste, coupa-t-elle sèchement.

Je l'ai entendue marcher dans le corridor et sortir, et fermer la porte derrière elle avec précaution.

J'ai décidé, peu de jours après, d'abandonner mes études, d'en rester là, au bac, et de voir, d'attendre. Je l'écrivis à mon père. Il me répondit, dans une longue lettre appliquée, qu'il fallait peser le pour et le contre, mais que si je n'avais ni courage ni moyens, il n'y avait qu'une solution. Le courage me manquait, et les mensualités de papa s'amenuisaient. J'ai trouvé une place dans une banque, une belle banque dans un bel immeuble avec de drôlement belles secrétaires. Et puis, pour un encrier renversé, un automne désolant, et une solitude dont je n'osais même plus sortir, j'ai pensé au suicide. J'ai songé d'abord, comme Xavier, à m'ouvrir les veines, mais je me demandais si la vue du sang ne me ferait pas changer d'avis, et rien n'est plus triste qu'un suicide manqué, demandez à Drieu La Rochelle, il le sait bien. Justement, je lisais les *Mémoires de Dirk Raspe*. Bref, j'ai réfléchi à divers procédés tout le mois d'octobre. On était content de moi à la banque, c'était une belle banque, hélas. J'ai pensé à m'acheter une arme, mais le prix me retint et je déteste le bruit. Par-dessus le marché, je ne supporte pas l'odeur du gaz.

J'ai coché un jour sur mon agenda, néanmoins, l'un des premiers de novembre. Ce jour-là, je suis sorti pas rasé, dans un jean minable et un pull troué aux coudes, je m'en fichais. Je suis entré dans une pharmacie. Aussitôt, j'ai reconnu Élisabeth, j'ai voulu sortir, mais elle m'a adressé un large sourire et s'est dirigée vers moi. Élisabeth est la meilleure amie d'Aude.

– Qu'est-ce que tu deviens ?

Elle s'étonna, sans trop le montrer, de la saleté de ma tenue. J'avais un peu honte.

– Je travaille.

– Tu as laissé tomber tes études ?

Élisabeth avait embelli. Ses seins avaient un peu grossi. Il aurait fallu toucher pour se rendre bien compte – mais je n'avais pas le temps et dans une pharmacie c'est incorrect. Même en banlieue, on sait ça.

– Tu ne me demandes pas de nouvelles d'Aude ?

– Comment va-t-elle ?

– Bien.

Je n'ai rien su dire. J'aurais dû parler, dire quelque chose de drôle, ou rire, mais je suis resté silencieux, paralysé.

– Je m'en vais.

Elle m'a tendu la main. Sa gentillesse ressemblait décidément trop à de la pitié.

J'ai hésité à me tuer ce soir-là. Je suis allé au cinéma. J'ai acheté des livres dont j'avais envie depuis longtemps.

Le lendemain, Aude est venue me voir. Les raisons, même aujourd'hui, me sont obscures. Je crois qu'Élisabeth est allée la voir, lui a parlé de moi, du personnage sombre que je devenais, je ne sais pas. Aude a eu des remords, sans doute.

C'était le matin de ma mort, j'avais tout préparé. J'avais écrit mon testament : je léguais mes mains à Catherine (elle sait pourquoi), mes testicules à Martine (elle sait pourquoi), mon nez à Brigitte (qui l'avait dur et agréable à mordiller), mon pénis à une jeune Anglaise (qui en raffolait), etc.; détruit la plupart de mes manuscrits, c'est une habitude, quand j'ai de la peine, quand je décide de me donner la mort incessamment, je détruis tous mes manuscrits. J'ai préparé des lettres pour mes anciens amis, et pour les filles auxquelles je m'étais attaché, sauf Sandra. Il pleuvait. C'était le 3 novembre. Je m'étais rarement si bien amusé.

On sonne. J'ouvre : Aude.

– Qu'est-ce que tu fous là?

– Je suis venue te voir.

– N'entre pas.

J'ai dissimulé tous les préparatifs et ensuite je l'ai fait entrer. Elle portait un pantalon trop court et un pull trop long, des clarks difformes, et un caban bleu.

J'ai fourré les mains dans mes poches, elles tremblaient, les salopes. Mes lèvres aussi tremblaient. J'ai hoché la tête plusieurs fois, avec des soupirs, sans avoir la force ni la volonté de dire un mot, Aude a ôté son caban bleu et l'a posé sur le lit. Elle s'est assise près de moi. Elle s'est appuyée sur ma poitrine et j'ai ressenti une grande lassitude. Nous nous sommes embrassés. Sa bouche avait un sale goût, mais je n'ai pas osé lui dire. Je l'ai déshabillée, ensuite je me suis déshabillé. Nous avions l'air idiot, nus l'un et l'autre, sans nous désirer, et nous le savions. Cependant, il a bien fallu faire quelque chose. Nous n'hésitâmes pas : nous nous rhabillâmes en nous tournant le dos.

J'ai fait du thé. Aude s'est levée et a lorgné le miroir avec un sourire satisfait, ensuite elle m'a demandé :

– Tu veux que je revienne ?

J'ai haussé les épaules. Elle a paru soulagée. Derrière elle, j'ai fermé la porte à double tour.

Ma petite putain s'enfuyait dans l'escalier, en chantonnant.

J'ai horreur du scandale. Je voyais déjà l'ambulance dans la cour de l'immeuble, les enfants sur leurs bicyclettes groupés autour, l'escalier plein de monde, la civière, les pompiers, et puis les voix : *c'est le garçon du cinquième, je vous avais bien dit qu'il, il s'est vraiment ? mais oui, un garçon si bien élevé...*

Aussi, vers deux heures de l'après-midi, j'ai déchiré mon testament et les lettres à mes amis, ensuite je suis sorti acheter un disque, je l'ai écouté et le soir j'ai dîné dans un restaurant chinois. Ce retour à la vie peut paraître simpliste, il s'appelle le jour de ma mort.

Le lendemain, je reçois une carte d'invitation pour le repas de fiançailles de Sandra. Sur le coup, je crois à une plaisanterie. C'est jeudi, Aude doit être chez elle. Vers une heure et demie, je décroche et je forme le numéro des R. de tête, j'ai si souvent téléphoné à Xavier.

– Allô...

– Bonjour Madame, c'est Laurent.

– Laurent, quelle bonne surprise, mais que se passe-t-il? On ne vous voit plus.

Elle se tut aussitôt. Elle devait penser à Xavier, surtout à Xavier, pas à Aude, et quand j'ai pris la parole, je l'ai fait doucement, avec le plus de précautions possible.

– Aude est là?

– Je vous la passe.

D'abord un silence, ensuite la voix d'Aude, essoufflée.

– Bonjour.

Le timbre gai de cette voix à lui seul me fait perdre contenance. Je dis la suite très vite, sans reprendre haleine :

– J'ai reçu une invitation pour le repas de fiançailles de Sandra, c'est une blague?

Aude a ri. Je crois qu'elle se moquait de moi.

– Pas du tout. Sandra m'invite, et comme je ne connais personne, elle t'invite aussi... Pour que je m'ennuie pas.

Je ne songeai pas un instant à me vexer. Je dis seulement :

– Mais ce n'est pas possible.

– Pourquoi?

Un mois plus tard, Aude m'attendait sur les marches de la mairie, comme dans le passé, le cou enfoui dans une fourrure blanche.

– Tu es en retard. C'est exprès?

– Bien sûr.

– Idiot.

Elle a pris ma main par habitude; un an ensemble ne s'oublie pas si facilement. Elle a réagi quelques secondes après, mais je suppose que j'aurais été blessé dans mon amour-propre si elle s'était écartée, et elle ne le fit pas.

Un instant, je me suis demandé ce que je fabriquais dans cette rue que le vent glaçait, illuminée pour les fêtes de fin d'année, avec à mon bras une gamine blondasse, mal habillée et trop petite pour moi, à me rendre au repas de fiançailles d'une fille qui, sans le savoir ou le sachant trop, avait gâché mon adolescence. Mon haleine faisait des ronds blancs dans l'air et je marchais vite. J'avais froid aux pieds. Je me suis soudain tellement senti étranger, que j'ai failli fuir, mais avec la main d'Aude sur mon bras, c'était difficile.

Sandra avait grossi et les traits de son visage s'empâtaient mais elle était toujours jolie, un peu plus femme, un peu plus en chair, voilà tout. Elle se montra très aimable, nous désigna nos places et fit un brin de conversation. Il n'y avait plus rien de commun entre le petit animal que j'avais si peu tenu entre mes bras, et cette jeune femme, au regard franc et à la conversation gentiment ennuyeuse. Dans dix ans, elle dépucèlera des lycéens qui me ressembleront. C'est la vie, mais aujourd'hui, elle ne représente rien, qu'une image outrageusement colorée par mon imagination, qui perd peu à peu ses couleurs, à force d'une convention obstinée.

D'abord j'en ai été soulagé, puis je me suis senti triste, comme rarement je l'avais été. J'avais entretenu mon chagrin pendant des années, comme d'autres entretiennent des maîtresses ou des jeunes garçons beaux et avides, et il ne se résumait à rien. Il s'était creusé plus qu'un gouffre entre la Sandra que j'aimais, et celle que je voyais virevolter d'un invité à l'autre, un sourire éternel posé sur les lèvres.

– Qu'est-ce qui t'arrive?

– Rien, donne-moi à boire.

Après le repas, les fiancés échangèrent les bagues et s'embrassèrent. Des invités prirent des photos et les parents s'embrassèrent. Après, ils ont découpé le gâteau.

Vers onze heures, on a poussé les tables contre les murs et les invités ont dansé. J'ai dansé avec une jeune femme maigre qui me faisait bander. Je suis allé aux toilettes puis j'ai dansé avec Aude et Sandra. Je me rappelle, ses yeux brillaient, elle disait :

– C'est réussi, n'est-ce pas? Je suis contente, mon Dieu que je suis contente...

François nous regardait. Au fond, je m'amusais bien.

Je suis revenu avec Aude.

– Tu t'ennuies?

Je ne lui avais pas dit un mot de la soirée.

– Non.

– Tu as soif, alors?

– Encore moins.

– Qu'est-ce que tu as?

– Sommeil, grogna-t-elle avec mauvaise humeur.

J'ai caressé ses cheveux.

– Tu es triste.

Presque aussitôt, elle dit, d'une voix neutre :

– Je pense à Noël de l'année dernière.

Il y avait de la neige sur les trottoirs, et Aude à mon bras, et nous achetions des cadeaux, elle achetait des jouets pour ses cousins, moi des livres pour mon père et un tricot pour ma mère, je me rappelle la foule d'enfants dans les magasins, les petits garçons et les petites filles qui trépignaient d'impatience dans les files d'attente des cinémas. Je répétais à Aude : *je veux une petite fille de toi.* Elle riait. Je disais : *nous l'appelerons Mélaine.* Elle ne me croyait pas. Elle me prenait pour un fou, elle avait raison, mais c'était dommage.

– On s'est bien aimés. Peu de gens peuvent le dire.

– Tous les livres que tu pouvais acheter...

– On ne recommence rien.

– Pourquoi crois-tu que je sois triste?

– C'est moche, ce restaurant.

Elle n'a pas répondu.

– Nous aurons chacun de notre côté d'autres Noël, avec des fiancés, des femmes et des enfants, et de la neige, il en tombera encore beaucoup de la neige.

J'ai pris son visage dans mes mains, comme

pour l'embrasser, mais je ne l'ai pas embrassée.

– On sentait la mort derrière. On a vécu seuls, au fond de nous-mêmes, et personne n'en a jamais rien vu. Or, on s'est déchiré avant même de savoir ce que cela voulait vraiment dire : vivre. Les autres entrent intacts dans la vie, parfois même préparés, et bien cons. Nous, on y entre blessés. Peut-être la connerie nous épargnera-t-elle ?

La fête battait son plein. Les invités firent une farandole et chantèrent, Sandra menait la farandole, elle y penserait longtemps à ses fiançailles, et Aude sanglotait contre mon cœur, et les gens feignaient de ne pas la voir, et moi aussi j'avais envie de pleurer, parce qu'il ne restait plus rien de ce que les autres appellent la jeunesse. Il y avait l'amertume, le désarroi, la tristesse. Il y avait un flot de sensations honteuses et sales, mais rien de ce que l'on dit communément être la jeunesse. Or, dans notre confusion, nous ne nous aperçûmes même pas que nous étions les seuls, en vérité, à détenir le secret de cette foutue jeunesse. C'est bien regrettable. Car, aujourd'hui, qui oserait nous croire?

Le lendemain, je décidai d'aller voir mon père. J'ai pris le train à la gare Saint-Lazare. Il n'y avait presque personne et j'ai trouvé une place sans difficulté. Il pleuvait.

Une toute petite maison, en pur style normand, écrivait mon père. J'essayais d'imaginer, les yeux perdus sur le paysage noyé de pluie et de grisaille. Il était un peu plus de dix heures du matin.

Mon père m'attendait à la gare. Il portait son vieil imperméable gris. Il voulut à tout prix porter ma valise. Je le laissai faire, gêné.

– Alors, tu vas bien? Ton travail, ça marche?

Questions dont il n'écoutait même pas les réponses, un de ses vieux défauts, que ma mère ne manquait jamais de signaler.

Nous traversâmes la salle d'attente déserte. Mon père salua le guichetier, qui nous suivait des yeux, derrière sa grille.

Mon père s'arrêta devant une 2 CV à la carrosserie maculée de boue, parquée devant la gare. Il casa la valise à l'arrière.

– Elle est à toi, la bagnole?

– C'est un voisin qui me l'a prêtée pour venir te chercher.

Je m'assis sur le siège avant à côté de lui.

Il conduisait mieux, presque plus vite qu'avant. La pluie fouettait la chaussée. Il me désigna du doigt les villas au bord de la route, de belles villas aux façades sereines, et me cita le nom de chaque propriétaire.

– Des riches, ajoutait-il avec une moue à la fois méprisante et admirative.

Une toute petite maison dont le pur style

normand aurait pu être discuté, deux pièces, une cuisine, et une salle de bains, un garage qui servait d'atelier, le tout très mal meublé, sans goût et avec peu de moyens.

– Ça te plaît ?

– C'est très bien arrangé.

– Tu bois quelque chose ?

Sans attendre ma réponse, il posa deux verres sur la table de la salle à manger et versa le pastis, puis ajouta l'eau. La pluie ne cessait pas. Je scrutais le ciel avec appréhension. Qu'étais-je venu faire ici, en plein mois de novembre ?

– Au fait il faut que tu me montres tes toiles.

– Après, après. Déballe d'abord tes affaires. Tu coucheras dans la salle à manger, sur le canapé.

J'ai ouvert ma valise.

– Je vais faire la cuisine. Des escargots, ça te va ?

– Parfait.

Il faisait gris et froid dans la salle à manger. Le chauffage fonctionnait mal. Je me suis assis sur le canapé, désemparé.

– Va faire un tour si tu veux, dit mon père.

J'ai mis mon manteau et je suis sorti. J'ai longé un chemin de terre une centaine de mètres. La boue collait aux semelles. La nudité des arbres, la rareté de la lumière, le ciel bas rendaient l'endroit sinistre.

Je suis rentré une demi-heure plus tard, trempé.

– C'est bientôt prêt.

Il s'est assis à la table et s'est versé un verre de vin. Il m'en a proposé un. J'ai fait non de la tête.

– Alors ton travail, ça te plaît?

– Ça peut aller. Et toi, tu te plais ici?

– Je ne m'ennuie pas trop, je peins un peu.

– Ils te plaisent, les gens du coin?

– Il faut les connaître.

Il a vidé son verre.

– Ils ont leurs petits défauts, comme tout le monde, mais au fond ce sont de braves gens.

Il a pris son verre vide et l'a déplacé plusieurs fois, l'autre main soutenant sa tête. Il était assis au bord de la chaise.

– Et toi, les amours, ça marche?

– Pas terrible.

– Toujours avec Aude?

– Non, c'est terminé.

J'ai ri à ce moment, impossible de savoir pourquoi.

– Tu as trouvé une remplaçante?

– Oui, enfin de temps en temps...

– Pour garder la forme!

– C'est ça, oui, pour garder la forme.

J'avais quitté un sexagénaire abattu, il me revenait un petit homme replet, l'œil brillant et le cheveu d'un blanc très seyant, prenant le déclin du bon côté, endossant son rôle avec bonne humeur. Je l'aimais mieux qu'avant. Il avait trouvé la sérénité, du moins le paraissait-il, et je pouvais enfin l'admirer. J'avais attendu ce moment si longtemps.

– Tu as des nouvelles de ta mère ?

– Non, et toi ?

Il a fait non de la tête.

– Je crois me souvenir qu'elle voulait partir à l'étranger. Où, je ne sais pas.

– Tu la regrettes ?

– Ce n'est pas difficile. Mais je m'y fais.

– Je vais mettre la table.

– Les assiettes et les verres sont dans le buffet, les couverts dans le tiroir de gauche.

Je me suis levé. Il est retourné surveiller ses escargots. Nous les avons mangés peu après, ils étaient d'ailleurs délicieux.

– Tu reçois comme un chef.

Il a ri.

– Il n'y a pas beaucoup de monde qui vient ici.

– Tu sous-estimes tes talents de cuisinier.

Un calva au digestif. Et un cure-dent. C'était parfait.

– Tu penses te marier ?

– Pas du tout.

– Tu as bien raison.

Il a commencé à dire quelque chose, puis s'est levé, et nous avons débarrassé la table.

– On fera la vaisselle ce soir.

Nous sommes sortis, il devait être trois heures. La pluie tombait toujours, plus fine, mais avec la même obstination. Le bourg était à un peu moins d'un kilomètre. Nous avons pris la voiture pour faire le trajet.

– Je vais en profiter pour la rendre au propriétaire.

Nous nous arrêtâmes devant un café-tabac, au bord de la route, au rez-de-chaussée d'une petite maison banale.

– Mon fils...

J'ai serré quelques mains. Mon père a parlé à un des types accoudés au comptoir, de moi ai-je cru entendre.

– Qu'est-ce qu'on lui donne à boire? Du petit lait?

– Un café, s'il vous plaît.

Mon père a bu un calva, avec les autres, et a allumé une cigarette. Ils ont ri quand j'ai bu mon café. Je crois que j'ai fait tomber la tasse. Du café a coulé sur mon pantalon. J'avais mal au crâne.

– Qu'est-ce qu'il y a? Tu es malade? Laurent. Laurent...

Il y avait une lumière verte, puis rouge, insensibilisée. C'était peut-être cela, l'envie de mourir.

– Ça va mieux?

J'ai porté à mes lèvres le verre d'eau fraîche qu'il me tendait.

On m'avait transporté dans l'arrière-boutique. Un rideau de perles de bois multicolores pendu à la porte la séparait du café.

– Qu'est-ce qui s'est passé ?

– Tu t'es évanoui.

– C'est la fatigue du voyage.

– Tu veux que l'on rentre à la maison ?

– Non, je me sens mieux.

Ils m'avaient allongé sur un tout petit lit très bas. Je me suis redressé. La tête me faisait mal.

– C'est la première fois que cela m'arrive.

Je mentis pour le rassurer, il paraissait si inquiet.

Mon père a rempli mon verre d'eau. Il était assis sur une chaise, les mains sur les genoux, penché vers moi.

– Il faudra voir un médecin.

Des gouttes de sueur glissaient sur son front. Il faisait très chaud, une chaleur lourde, artificielle, irrespirable.

– Qu'est-ce qu'ils ont dit, les gens du café ?

– Que Paris épuise les jeunes.

– C'est tout ?

– On peut rentrer maintenant si tu veux.

– Je me sens mieux.

Je me suis levé. Il a pris mon bras.

– Tu y arrives ?

– Où sont les chiottes ?

– Au fond du jardin.

Elles me rappelèrent des cabinets identiques,

une porte noire, un œil-de-bœuf, sous un soleil sanglant, au bord du Danube, Laure pleurait le vent dans les yeux, mais il y a si longtemps.

– Alors, le jeune, on va mieux ?

Un gros type, les joues couperosées, un regard bleu noyé d'alcool, a levé son verre à ma santé. J'ai essayé de sourire, mais je ne sais pas si j'y suis arrivé.

– Il travaille trop, a dit mon père.

– Il baise trop, tu veux dire. On les connaît les filles de la capitale.

Tout le monde a ri. Le gros type a payé une autre tournée. Mon père s'animait.

– Il est sérieux, mon fils.

– C'est vrai ça, fiston ?

J'ai murmuré :

– J'essaie.

Personne n'a ri. Pourtant j'attendais des rires. Mais qu'y avait-il de drôle, au juste ? Je me le demande encore.

J'ai mis une main sur l'épaule de mon père.

– Je crois qu'il faudrait rentrer. Je ne me sens pas très bien.

Il a laissé de l'argent sur le comptoir pour ce qu'il avait bu, et dit qu'il payait une autre tournée. Nous sommes sortis sous les acclamations. J'avais de plus en plus mal à la tête.

– Tu prendras ma chambre.

– C'est inutile.

– J'y tiens. Tu vas te coucher et puis dormir.

Il ne pleuvait plus. Nous avons marché en silence sur la route. L'air semblait lavé. Le ciel s'éclaircissait.

Je me suis couché et j'ai dormi jusqu'au soir. Vers huit heures, j'ai dîné d'une soupe de légumes.

– Ce doit être les escargots qui n'ont pas passé, dit mon père.

Il a fait la vaisselle. Pendant ce temps, j'ai ouvert un livre, mais j'étais incapable de fixer mon attention. J'ai abandonné dès les premières pages.

– Je ne suis même plus capable de lire un livre.

– Qu'est-ce que tu dis?

– Rien.

La nuit était tombée. Quelques lumières brillaient, éparses dans le crépuscule. L'humidité effaçait les bruits, et la maison était parfaitement silencieuse, malgré le tic-tac morbide de l'horloge dans le couloir.

– J'ai mal à la tête.

– Tu devrais aller voir un médecin. Ce n'est pas normal d'avoir tout le temps mal à la tête, comme ça.

– D'accord, j'irai voir un médecin.

Un autre silence.

– J'ai sommeil.

– Demain je te montrerai mes toiles.

– D'accord, demain matin.

– Tu verras, ça te plaira peut-être.

– Elles me plairont sûrement. Bonne nuit.

– Bonne nuit.

Il a marqué un moment d'hésitation avant de sortir. Quand il a eu fermé la porte, j'ai éteint la lumière, mais, bien sûr, je ne me suis pas endormi.

J'ai fait des rêves étranges. Je me suis vu dans une nudité parfaite et jaune, à mon bras une jeune cousine amoureuse qui n'était pas Aude, dans un grand salon, avec des vagues dans la mer dehors, et la pluie, et de vieux fauteuils.

VII

Nous sommes partis, un peu contre notre gré mais on accusait Laure de la mort de Richard. Il s'était pendu dans sa chambre. Laure avait fait le nœud, c'est tout. Personne n'a compris. Nous avons fui par une aube pluvieuse de préautomne. La voiture verte ne prenait pas l'eau, c'est une chance.

On est arrivés à midi dans un hôtel immense et glacé, barricadé derrière les rideaux de vent et de pluie. Notre chambre n'était pas faite, nous avons eu à attendre. Je me suis enfoncé dans un vaste fauteuil, un de ces fauteuils dont j'étais tombé amoureux, dans les bras desquels je m'effondrais, presque bandant tant j'étais heureux. Laure croisait et décroisait les jambes, impatiente et tendre. Elle promenait ses yeux bouffis sur l'assistance, un pli déçu aux lèvres. Elle posa la main au bas de mon ventre et dit : *ils sont tous moches.* Elle a voulu me caresser, comme pour appuyer son affirmation mais une vieille, anglaise à ses dents, fixait des yeux sa main, le visage très bouleversé.

Derrière les vitres de la chambre enfin prête, il y a le vert sale des montagnes dans la pluie. Laure s'enferme dans la salle de bain. Je tire les rideaux, me dévêts et cours me blottir sous les couvertures. Un miroir face à mon lit, un petit lit dur, comme les lits des hôtels grecs, carrés et irréprochables. Laure m'a réveillé. Elle s'est glissée contre mes cuisses et on a joué au papa et à la maman, c'était bien, elle était la maman et moi le papa, qu'est-ce qu'on a ri. Quand j'ai vu la pluie tomber toujours, malgré le soir, j'ai dit : *c'est un temps à crever bandant.* Laure a ri, sans rien comprendre. Je me suis lavé de fond en comble, les poux ont sautillé dans le lavabo. Ensuite j'ai enfilé un pantalon gris aux plis raides, sélect et doux aux cuisses. Nous avons descendu un court escalier, Laure me tenait la main. La salle à manger était immense, pleine de bruits et de lumières et de serveurs en veste blanche. Un pianiste jouait, *il est moche* dit Laure. Nous avons dîné, de brochettes et de frites, du vin rosé, les noms de vin aussi je les oublie.

Après nous nous sommes couchés, sans jouer à rien, Laure n'avait pas très envie. J'ai joué au papa seul. C'est moins drôle, on rit moins, mais c'est moins fatigant et ça va plus vite. Laure me regardait faire et riait et comprenait. Quand j'ai eu fini, elle s'est couchée près de moi et nous avons dormi comme frère et sœur.

Le lendemain était une grande ville grise, sans lendemains, que j'ai tout de suite aimée, une grande ville pleine de tramways et de pluie, avec des bruits de ville, effacée comme seules savent l'être les capitales d'Europe centrale. La voiture verte a fait sensation. La ville sentait déjà l'automne, et l'automne me rapprochait d'Aude, et je la revoyais rire dans un pull trop long pour elle, sous quoi on ne voyait plus ses seins, de tout petits seins mous. Je l'ai désirée auprès de moi, à travers les rues mouillées de la ville. J'ai désiré son rire et la clarté de ses yeux, la façon qu'elle a de pleurer, elle pleure si souvent. J'ai désiré ses larmes.

Un zoo aux allées glissantes, bordées d'enclos. Je n'aime pas les zoos, je m'y ennuie comme nulle part ailleurs. J'ai joué sur les lèvres de Laure tous les airs d'ennui, même les faux, que je connaissais mais elle n'a pas l'oreille musicale. Elle a lancé des cacahuètes aux singes et ça la faisait rire. Nous avons rencontré une petite fille brune et laide aux yeux gris. Elle m'a pris la main, *sei vorsichtig* m'a dit la mère, nous sommes allés voir les lions, leur indifférence l'agaça.

Ensuite, on a pris le thé dans un deux pièces cuisine vieillot. La petite fille allemande m'a demandé en mariage, je n'ai pas ri, j'ai dit *oui* et Laure est sortie. Des feuilles commençaient à tomber, j'ai même cru à son amour. J'ai consolé Laure qui croyait à tout cela. J'ai dit : *mais ils n'existent pas.* On a suivi les rails des trams pour retrouver l'hôtel.

La Lagune a attrapé la chaude-pisse m'a glissé à l'oreille le gondolier, il sent mauvais mais j'ai perdu l'imagination des supplices, et je lui laisse la vie. *Avec un cargo soviétique,* précise-t-il. Quelle génération. Je retrouve Laure étendue sur la place Saint-Marc, en jupe jus d'orange et ses cheveux tombent sur ses épaules en longues mèches sales et nouées. *C'est toi?* J'ai dit oui avec ma tête, ma grosse tête rasée, *tu sais ce que j'apprends, la Lagune a, je sais* interrompt-elle, *moi aussi. On a connu le même cargo, il avait de si belles moustaches.* Nous nous sommes assis au bord d'elle, la Lagune, sans l'injurier, pleins de tact. Le goût sucré d'une orangeade que Laure suce avec une belle paille dorée. *On se réconcilie?* elle hoche la tête avec toujours la paille entre ses dents; la paroi blanche de ses dents j'avais écrit au début, mais maintenant que je suis vieux, que j'ai vu des horizons, que j'ai réfléchi mais alors drôlement réfléchi sur le sens de la vie et de la mort et de l'engagement politique tu vas voir, finies les fioritures, je vais t'écrire le livre des livres. *Où couches-tu* je demande à Laure, elle dit *dans un hôtel vert, près du Rialto on y va?*

La chambre de l'hôtel, où le vaporetto nous transporte sans gémir, est vaste et mal meublée, il n'y a pas de lumière et la lampe nue est au plafond.

J'ai déplié mes feuilles de papier. Laure est allée dans la salle d'eau et j'entends le glouglou de l'eau dans le tub. Je cours respirer une bouffée d'air vénitien à la fenêtre. La façade d'en face a la lèpre, quelle ville, je parie que le Lido a de l'urticaire. Laure dit : *tu trouveras un pantalon blanc et une chemisette bleue dans l'armoire, un jeune Anglais que le groom a chassé à coups de gondoles.*

Je suis sale, je manie mon pénis crasseux avec précaution, et je frotte le reste avec vigueur. J'en sors à peu près propre, Laure impatiente s'était plongée dans mes phrases, elle en est sortie avec de la merde sur la figure, j'ai léché, j'ai tout léché rassurez-vous, et nous sommes sortis.

On a dîné de spaghettis de sueur et de pisse de chat miam miam dans une grande assiette creuse, en buvant de la bière dans un verre en forme de botte, *qu'est-ce que ça veut dire la forme du verre Laurent?* La trattoria, avec une lumière délayée qui tombe au plafond, des serveurs en manches de chemise. Laure ruisselle de plaisir, *on est bien ici non,* elle a l'air d'une mariée, d'une mariée qu'on aurait un peu trop baisée dans l'après-midi, qui aurait un peu perdu la tête et qui croirait à l'amour, après tout c'est le rôle des mariées, une mariée tressautée, les yeux pleins de plaisir et les mains gourmandes, plutôt laide comme toutes les mariées, mais touchante avec ses moues et ses mimiques, ses joies, ses tristesses. Elle interpelle le garçon, lui demande *c'est quoi ça?* le garçon ne répond même pas mais peu lui importe à Laure, elle replonge le nez dans le menu, une main sur ma main, qui joue avec mes doigts et je pense à notre belle voiture rose, je crois qu'elle m'aimait, elle n'a pas osé le dire simplement.

J'ai volé des livres pleins de couleurs, à des gens qui d'ailleurs ne les lisaient pas, j'ai pris place à la terrasse sous les plantes vertes et j'ai croqué les couleurs, en cachette, c'était bon et j'en ai repris plusieurs fois. Venise est belle mais son printemps m'angoisse, sans blague.

Xavier est mort tu comprends ça, Élisabeth touche ses seins, Laure joue au yoyo lumineux, Aude me parle de l'hiver, d'amour, etc., et Sandra rien, et moi là-dedans j'essaie de mettre un peu d'ordre, je range les papiers et après ça, parce que c'est l'automne et qu'elles sont toutes parties, qu'il n'y a plus que la chambre et le rond doré que fait la lampe sur mon bureau, j'écris l'histoire d'Odile, enfin, le début. J'avais pourtant essayé de vous expliquer ce que l'amour est vraiment, mais aucune de vous n'a su écouter, je voulais vous sauver, vous n'avez rien cru de mes mots alors que pour une fois, je disais vrai, mes animaux sauvages, je ne mentais pas.

Laure boit peu souvent, et le demi-litre de

bière lui avait tourné la tête. Elle titubait, son yoyo dans les jambes, fredonnait de vieilles chansons cochonnes que lui avait apprises sa mère, quand ils n'avaient pas la télévision, interpellait les passants, finalement on s'est retrouvés avec deux Suédois dans notre petite chambre. Laure, généreuse, leur fit à tous deux un joli cadeau de Noël et dérision suprême ils nous laissèrent de l'argent, *tu vois je te suis quand même utile* a dit Laure fièrement. J'ai empoché l'argent, j'ai acheté une gondole volante, et on est rentrés à Paris.

DU MÊME AUTEUR

Aux Éditions Albin Michel

LETTRE À UN AMI PERDU.
INSOLENCES.
DARA.
LA STATUE DU COMMANDEUR.
LA PARESSEUSE.

Aux Éditions Bernard Barrault

LE DEUXIÈME COUTEAU.
AH ! BERLIN.
L'ÉCOLE DES ABSENTS.

Aux Éditions Fixot

THÉÂTRE CHOISI.
NOCES.

Aux Éditions Messidor

LES PETITS MAUX D'AMOUR.
LA CHUTE DE SAIGON.
AMICALEMENT ROUGE.
UN PEU D'HUMANITÉ.
DIVERS GAUCHE.
LE CONGRÈS DE TOURS N'AURA PAS LIEU.
LES AI-JE BIEN DESCENDUS?

Aux Éditions Olivier Orban

SALADE RUSSE.

Aux Éditions Presse de la Renaissance

VOUS N'AURIEZ PAS VU MA CHAÎNE EN OR ?

Aux Éditions Ramsay – Régine Deforges

LA BOUM (avec Danièle Thompson).

ROT COCO.

Aux Éditions du Rocher

JE SAIS DES HISTOIRES.

NOSTALGIE DE LA PRINCESSE.

LES ANNÉES ISABELLE.

COLLECTION FOLIO

Dernières parutions

2278.	Guy de Maupassant	*Toine*
2279.	Philippe Sollers	*Le lys d'or*
2280.	Jean Diwo	*Le génie de la Bastille (Les Dames du faubourg, III)*
2281.	Ray Bradbury	*La solitude est un cercueil de verre*
2282.	Remo Forlani	*Gouttière*
2283.	Jean-Noël Schifano	*Les rendez-vous de Fausta*
2284.	Tommaso Landolfi	*La bière du pecheur*
2285.	Gogol	*Taras Boulba*
2286.	Roger Grenier	*Albert Camus soleil et ombre*
2287.	Myriam Anissimov	*La soie et les cendres*
2288.	François Weyergans	*Je suis écrivain*
2289.	Raymond Chandler	*Charades pour écroulés*
2290.	Michel Tournier	*Le médianoche amoureux*
2291.	C.G. Jung	*" Ma vie " (Souvenirs, rêves et pensées)*
2292.	Anne Wiazemsky	*Mon beau navire*
2293.	Philip Roth	*La contrevie*
2294.	Rilke	*Les Carnets de Malte Laurids Brigge*
2295.	Vladimir Nabokov	*La méprise*
2296.	Vladimir Nabokov	*Autres rivages*
2297.	Bertrand Poirot-Delpech	*Le golfe de Gascogne*
2298.	Cami	*Drames de la vie courante*
2299.	Georges Darien	*Gottlieb Krumm (Made in England)*
2300.	William Faulkner	*Treize histoires*
2301.	Pascal Quignard	*Les escaliers de Chambord*

2302.	Nathalie Sarraute	*Tu ne t'aimes pas*
2303.	Pietro Citati	*Kafka*
2304.	Jean d'Ormesson	*Garçon de quoi écrire*
2305.	Michel Déon	*Louis XIV par lui-même*
2306.	James Hadley Chase	*Le fin mot de l'histoire*
2307.	Zoé Oldenbourg	*Le procès du rêve*
2308.	Plaute	*Théâtre complet, I*
2309.	Plaute	*Théâtre complet, II*
2310.	Mehdi Charef	*Le harki de Meriem*
2311.	Naguib Mahfouz	*Dérives sur le Nil*
2312.	Nijinsky	*Journal*
2313.	Jorge Amado	*Les terres du bout du monde*
2314.	Jorge Amado	*Suor*
2315.	Hector Bianciotti	*Seules les larmes seront comptées*
2316.	Sylvie Germain	*Jours de colère*
2317.	Pierre Magnan	*L'amant du poivre d'âne*
2318.	Jim Thompson	*Un chouette petit lot*
2319.	Pierre Bourgeade	*L'empire des livres*
2320.	Émile Zola	*La Faute de l'abbé Mouret*
2321.	Serge Gainsbourg	*Mon propre rôle, 1*
2322.	Serge Gainsbourg	*Mon propre rôle, 2*
2323.	Thomas Bernhard	*Le neveu de Wittgenstein*
2324.	Daniel Boulanger	*Mes coquins*
2325.	Albert Camus	*La mort heureuse*
2326.	Didier Daeninckx	*Le facteur fatal*
2327.	Jean Delay	*Avant Mémoire I*
2328.	Romain Gary	*Adieu Gary Cooper*
2329.	Alfred de Vigny	*Servitude et grandeur militaires*
2330.	Patrick Modiano	*Voyage de noces*
2331.	Pierre Moinot	*Armes et bagages*
2332.	J.-B. Pontalis	*Loin*
2333.	John Steinbeck	*La coupe d'or*
2334.	Gisèle Halimi	*La cause des femmes*
2335.	Khalil Gibran	*Le Prophète*
2336.	Boileau-Narcejac	*Le bonsaï*
2337.	Frederic H. Fajardie	*Un homme en harmonie*
2338.	Michel Mohrt	*Le télésiège*
2339.	Vladimir Nabokov	*Pnine*
2340.	Vladimir Nabokov	*Le don*
2341.	Carlos Onetti	*Les bas-fonds du rêve*

2342. Daniel Pennac — *La petite marchande de prose*
2343. Guy Rachet — *Le soleil de la Perse*
2344. George Steiner — *Anno Domini*
2345. Mario Vargas Llosa — *L'homme qui parle*
2346. Marguerite Yourcenar — *En pèlerin et en étranger*
2347. Voltaire — *Zadig, et autres contes*
2348. Régis Debray — *Les masques*
2349. Diane Johnson — *Dashiell Hammett : une vie*
2350. Yachar Kemal — *Tourterelle, ma tourterelle*
2351. Julia Kristeva — *Les Samouraïs*
2352. Pierre Magnan — *Le Séraphin Monge*
2353. Mouloud Mammeri — *La colline oubliée*
2354. Francis Ryck — *Mourir avec moi*
2355. John Saul — *L'ennemi du bien*
2356. Jean-Loup Trassard — *Campagnes de Russie*
2357. Francis Walder — *Saint-Germain ou la négociation*
2358. Voltaire — *Candide, et autres contes*
2359. Robert Mallet — *Région inhabitée*
2360. Oscar Wilde — *Le portrait de Dorian Gray*
2361. René Frégni — *Les chemins noirs*

Impression Brodard et Taupin,
à La Flèche (Sarthe),
le 12 mars 1992.
Dépôt légal : mars 1992.
Numéro d'imprimeur : 1594F-5.
ISBN 2-07-038499-3 / Imprimé en France.

55181